신강화학파

b판시선 004

하종오 시집

신강화학파

도서출판 b

이곳에선 시간이 햇빛처럼 환하게 다가와 모였다가 바람처럼 가없이 달아나 흩어진다.

이곳을 떠나본 적 없는 토박이들은 논밭에 매여서 말년의 생활을 이어가고 있고, 이곳으로 살러 온 외지인들은 말년의 생활에 사로잡혀서 논밭에 닿으려 하고 있다. 그들 주변에서 나는 '이천편시를 쓰지 않고 이천 번째 시를 썼으며 그러고 나서 첫 번째 쓴 시와 이천 번째 쓴 시가 같고 일편시와 이천편시가 다르지 않은 걸 보았'다.

이곳에서 햇빛처럼 환하게 빛나다가 바람처럼 가없이 사라지고 싶다.

강화도 넙성리에서

하종오

| 차 례 |

강화학파 첫인사

강화 떠나 서울에서 산 지
이십여 년 즈음 휴대폰이 울렸다
저는 강화학파의 한 사람입니다
선생의 집이 무너져 가고 있더군요
저희 강화학파에는 건축가도 있고 목수도 있으니
강화로 돌아온다면 신축하든 수리하든
선생이 원하는 대로 해드리겠습니다
강화학파의 한 사람이라는 자는 통화를 이어갔다
저희가 물맛 좋은 곳도 바람소리 잘 들리는 곳도
햇볕 따스한 곳도 선생에게 안내하겠습니다
제가 강화 살 적에
그런 장소를 찾아 다녀보았으나
제 집터만한 명당이 없었다고
그동안 잊고 있던 옛집을 떠올리게 해주어서 고맙다고
시큰둥하게 응답했다
젊었던 그 당시 막막해하던 나를 찾지 않았던 강화학파
나도 가르침이나 지혜를 구하러 가지 않았던 강화학파

이제 와서 왜 기별하는지 의문을 품는데

강화학파의 한 사람이라는 자는 한마디 더 하고 휴대폰을
끊었다

선생이 시인이라는 걸 최근에 알았습니다

남을 살펴보는 눈으로 자신을 들여다볼 수 있는 데라면

어디든 이주할 작정하고 있던 나는

이십여 년 만에 서울 떠나

강화로 되돌아가고 싶어 하는 나의 속내를 알아차렸다

오래 전에 머물렀던 자리에 머물러야 눈이 밝아지는 나이였
다

저물녘

아내와 내가 헌집을 철거해버리고
자그마한 조립식 집을 짓기로 결정한 날,
고샅길 걸어서 마을을 둘러보다가
아담한 목조주택을 발견하고 다가갔다
그때 운동화 끈을 조여 맨 여자가 스쳐서
해가 불그스름한 산정 쪽으로 갔다
담장 없고 마당에 잔디 깔린 목조주택
모퉁이에 감나무가 홍시를 달고 서 있고
텃밭에는 걷히지 못한 배추들이 푸르죽죽하였다
우리는 뒤란이 보이는 곳으로 몇 발짝 옮겨가서
전기톱과 베다 만 마른장작을 바라보며
페치카에서 타오를 불의 따뜻함을 이야기했다
여자가 주인일 거라고 아내가 추측하길래
산책 마치고 돌아올 때까지 기다렸다가
실내를 구경시켜 달라 해보자고 내가 말했다
산정이 들녘을 덮으며 마을에 가까워지는 시간,
목조주택으로 돌아오는 여자와 인사했다

"남편이랑 함께 살려고 신축했는데
완공되기도 전에 세상을 떠났지 뭐예요."
순간 감나무가 홍시 한 알을 떨어뜨리고
배추들이 잎사귀 한 잎씩 늘어뜨리는 걸 나는 보았다
아내도 보았는지 나를 향해 눈 동그랗게 떴다
우리더러 먼저 들어가도록 현관문을 열어준 뒤
여자가 운동화 끈을 풀고 나중에 들어왔다
창문마다 햇빛이 천천히 스며들었다가 빨리 빠져나갔고
우리는 방마다 둘러보고 나와 여자와 작별했다
새들이 마을 곳곳에서 날아올라
마악, 해가 넘어가는 산정 쪽으로 날아갔다
아내와 내가 고삿길 벗어나면서 슬쩍,
고개 돌려 목조주택을 보았을 때
마을에 어스름이 퍼지고 있었다
"우린 혼자서도 잘 지낼 집을 지어야겠지?"

돌멩이를 모아 집 둘레에 놓다

강화에 스스로 유폐하려고
묵은땅에 조립식 집을 짓고 나서
돌멩이를 모아 둘레에 놓았다
텃밭에서 주은 돌멩이는
호미에 찍힌 생채기를 지니고 있어서
텃밭 쪽으로 가려 했고
자드락길에서 주은 돌멩이는
낯선 발에 밟힌 자국이 찍혀 있어서
자드락길 쪽으로 가려 했고
야산에서 주은 돌멩이는
나무뿌리에 긁힌 흔적이 남아 있어서
야산 쪽으로 가려 했다
서울에서 살 적에
한 노인이 다른 데서 돌멩이를 주워 와
망우산 등산로 옆에 돌탑을 쌓아올리며
보국안민을 위해 하는 일이라고
주장하던 말이 떠올랐지만

강화에 온 뒤로 비원을 버린 내가
돌멩이를 모아 집 둘레에 놓은 건
텃밭과 자드락길과 야산을
집으로부터 떼어내고 싶어서였다
그런데 가장자리와 가운데가 구분되고 말았다

울타리

옛집 철거를 업체에 의뢰했더니
울타리로 심었던 쥐똥나무들을
뿌리째 뽑아버렸다
새 집을 건축하고 나서 보니
밭 가운데 덩그러니 놓여
사방팔방 통하였다
사통팔달하지 못하는 내가 좌불안석하다가
어린 쥐똥나무들을 사다가 울타리로 심자,
새 집은 가만히 서 있는데
어린 쥐똥나무들이 조금씩 기울었다
나는 절로 고개가 갸웃해져서
울타리 바깥을 내다봐야 했다
어린 쥐똥나무와 어린 쥐똥나무 사이에서
건넛산이 기울고 숲이 기울고 새들이 기울었다
내가 고개를 바로 세우면
그것들이 바로 설 줄 알았는데
어린 쥐똥나무들이 바로 서야

그것들이 바로 선다는 걸 알 때까지
나는 고개를 바로 세울 수 없었다
그런 자세로 생각해 보니
어린 쥐똥나무들은 내 체질에 맞추어
사방팔방을 막는 울타리가 되려고
서로에게 서로를 겯는 중이었다

강화학파의 새 일파

강화도에 집짓고 울타리로 쥐똥나무를 심은 날
밤중에 누가 나를 불렀다
글 쓴답시고 노트북을 켜놓은 채
문장을 완성하지 못하고 졸고 있다가
낯선 목소리를 듣곤 현관문을 열고 나갔다
쥐똥나무 울타리 밖에 서서
가까이 오라고 손짓을 하길래
잠시 망설이다가 다가갔다
그가 말하기를
자신은 강화학파의 마지막 문장가인데
오늘날까지 강화학파가 이어지지 못한 이유는
현대 시인을 영입하지 않은 데 있으며
내가 가담해 준다면 영광이겠다는 것이었다
이제야 나에게도 문운이 트이는가 싶어
내심 반색했으나 담담하게 거절했다
내가 강화도에 이주한 것을
자발적 유폐라고 규정하는 처지에

강화학파의 새 일파로 활동하는 건

때에 맞지 않는 부담스러운 일이었다

나는 삼백 명 독자만 읽는 시집만 낼 계획과

이천편시를 완성하겠다는 포부를 가지고 있으며

강화학파보다는 실학파 중 어느 시인에 버금갈

많은 시를 남기려 한다고 말하면서

존함이나 알려주신다면 길이 기억하겠노라고 부언했더니

그는 어이없어하며 어둠 속으로 총총 사라졌다

방안으로 들어와 다시 노트북 앞에 앉아서

강화도에 관해 쓰다 만 문장을 완성하려고

썼다가 지우고 다시 썼다가 다시 지우는데

아뿔싸, 사기리 사람 이건창을 등장시켜야 하는 대목 아닌가

강화학파의 마지막 문장가를 찾으러

황급히 쥐똥나무 울타리를 나섰다

밥 먹을 때마다 논을 바라본다

마을과 산을 잇는 자드락길

이편에 우리 집이 있고

저편에 남의 논이 있다

식탁에 앉아 밥을 먹을 때마다

거실 큰 창으로 논을 바라본다

이 밥이 저 논에서 난 쌀로 지었다는 걸

한 숟갈 떠먹으며 되새기다가

과식과 허기 사이를 왔다 갔다 하던 내가

수저 들 때와 수저 놓을 때를 아는 곳에 도착했고

그것을 새삼 생각하는 식사시간이 주어졌으니

하늘의 축복이라기보다는 지상의 행운일 것이다

밥을 먹을 때마다 논을 바라보면서

논을 바라보며 먹은 밥은 속을 편안케 하니

논바닥을 쥐어 보지 않고는

밥그릇을 잡아서는 안 되겠다는 생각도 한다

하루에 세 번 다 한 장소에서

천, 천, 히, 밥을 먹으며

천, 천, 히, 논을 바라보고
식후에는 자드락길을 걸어서
마을로 내려가 여럿이 놀기도 하고
산으로 올라가 혼자 놀기도 한다

강화도의 밤

강화도에 살러 온 뒤로
밤마다 나는 가만히 누워 있었다
잎 나지 않은 나뭇가지 새로 지나가는
바람이 소리 낼 수 없어서
지붕에서 맴도는 걸로 알았고
갈아엎은 논바닥에 내려온
달빛이 더 고여 있을 데 없어서
창가에 와서 서성거리는 걸로 알았고
집이 듬성듬성한 동네에서
고요가 고샅길 돌아다니다가
마당까지 몰려온 걸로 알았다
내가 잠자리에서 일어나 바깥 내다보던 날 밤엔
한 청년이 바람 속에 서서
청년의 나에게 옷자락 크게 흔들어 보였고
한 중년이 달빛 속에 서서
중년의 나에게 그림자 길게 뻗어 보였고
한 노년이 고요 속에 서서

노년의 나에게 손 높이 들어 보였다
누구시냐고 나직이 물으니
카랑카랑한 목소리로 대답했다
나 한시 쓰는 이규보네만
옛집 떠난 자네 소식 궁금했는데
새 집에 돌아온 모습 보니
말년에 쓸 현대시가 더 궁금하네

단풍나무 아래

아내는 텃밭에서 골라낸 잔돌을
마당가 단풍나무 아래 깔아놓고
의자 두 개를 갖다놓았다
단풍나무 아래엔 종일 그늘이 져서
오늘 할 일의 순서를 정해야 할 때엔
한 의자는 비워놓고
다른 의자에 앉아 궁리하고
풀을 매다가 지치면
한 의자에 앉고 다른 의자에 호미를 올려놓고 쉬고
밭일 나가는 이웃이 지나가면 불러
의자에 나란히 앉아 작황을 이야기했다

아내가 자리 비운 뒤엔
벌레가 기어 올라와서
갈 길을 찾으려다가 못 찾고 도로 내려가고
새들이 날아와 앉아
날개를 접고는 제 무게를 내려놓았다가 날아가고

바람이 불어와서
한순간도 머물지 않으면서도 흔적을 남겨놓고 불어갔다
물론 나는 혼자 앉아
빈 옆자리를 물끄러미 내려다보기도 했다

그래도 단풍나무가 그늘을 깊게 만드는 시간을 잘 잡아서
한 의자에는 아내가 앉고 다른 의자에는 내가 앉아
서로 다른 먼 산, 먼산바라기를 하면
다른 나무들이 모여들어 그늘을 넓게 만들었다
의자에 앉은 채 다리나 팔을 마음껏 움직여도
단풍나무 그늘 밖으로 나가지 않았다

새 강화학파 또는 망년우

강화에 거주하는 대시인들과 첫 인사했다
한 분은 길직리에 큰 유택이 있는 이규보,
또 한 분은 사기리에 작은 생가가 있는 이건창,
한시 잘 쓰기로 정평 난 시인들이
넙성리에서 조립식 주택에 은거하며
현대시 쓰는 나를 찾아왔으니 황감하였다
이규보는 846세, 이건창은 162세,
나는 겨우 60살인 올해, 텃밭을 가는 봄날에
두 대시인이 내 시를 잘 읽고 있다면서
남한 시인들 모조리 자기 자신을 응시하고
북한 시인들 모조리 권력자를 칭송하는
민망한 시절에 함께 강화에서 살게 된 것이
의미심장한 상징으로 보이더란다
그래서 시대를 넘어선 망년우가 되어서
새 강화학파를 만들어 활동하며
남북한 시와는 구분되는 시풍을 궁구하자고 했다
나는 속으로 생각하기를

이런 대시인들과 어울리다가는 지레 기가 죽어
아예 시를 쓰지 못할 수도 있겠으나
내가 대시인의 반열에 오를 수 있는 기회가
다신 오지 않으리라 싶어 승낙하려다가
새 강화학파가 무엇이며 왜 필요한지 이해 안 되고
성향이 좀 다른 이규보와 이건창과 지연으로 얽혀
파를 이룬다는 건 더구나 체질에 맞지 않았다
망년우로만 지내기를 원했던 그날
남북한 시에 대해 갑론을박도 했으나
헤어진 이후, 고백하자면
신작시 한 편씩 써서 돌려 읽기로 약속하고는
이규보는 길직리 큰 유택에서,
이건창은 사기리 작은 생가에서,
나는 넙성리 조립식 주택에서
텃밭을 가꾸어 찬거리 마련하느라
다시는 만나지 못했다

고무신

읍내 풍물시장 신발가게에서 산 고무신을 신고 다닌다
발 모양대로 들러붙는 고무신
발바닥으로 땅바닥을 느끼게 하는 고무신
논둑밭둑에 다녀도 황톳물이 안 배는 고무신
아버지와 내가 같은 고무신을 신고 다니기도 했지
고무신을 신은 아버지가
산에 갔다 오면 산길이 된
내에 갔다 오면 물길이 된
들에 갔다 오면 들길이 된
고무신을 내가 신고
산에 가면 산길은 등성까지 데려가 냇물을 보여주고
내에 가면 물길은 모롱이까지 데려가 들녘을 보여주고
들에 가면 들길은 이웃마을까지 데려가 바깥세상을 보여주
었지
고무신을 신던 아버지가 돌아가신 뒤
너무 오랜 만에 오늘 고무신을 신은 내가
산에 갔다 와도 산길이 되지 않는

내에 갔다 와도 물길이 되지 않는

들에 갔다 와도 들길이 되지 않는

고무신을 이제 나 말고 누가 신고

산에 가서 산길을 데리고 냇물에게로 내려가고

내에 가서 물길을 데리고 들녘에게로 흘러가고

들에 가서 들길을 데리고 바깥세상에게로 다가갈까

읍내 풍물시장 신발가게 한구석에 처박혀 있던 고무신,

내가 사 신고 나돌아 다니는 고무신,

고무신은 내가 가지 못했던 모든 길을 흙길로 끌어 모은다

개두릅나무 애순

밭에서 괭이질하는 중에
웃음소리가 들려오기에
나는 뒷산으로 갔다
도시사람들이 산발치에서 산등성까지
개두릅나무 애순을 따고 있었다
뒷산이 푸르러지기 전에
개두릅나무 애순이 돋아난다는 걸
나는 시골에서 살면서도 이제야 아는데
그들은 벌써 알고 찾아왔다
개두릅나무들에서 애순을 아무리 많이 따도
뒷산은 곧 푸르러질 것이다
록색을 가득 채운 그들이
깔깔거리며 껄껄거리며 뒷산을 내려가고
나는 밭을 다 일군 며칠 후,
개두릅나무 애순이 또 돋아났으면 따려고
뒷산에 가봤다
다른 나무들에서 어린순들이 돋아나 있었다

뒷산에 신록이 우거지기 시작하자
도시사람들이 다신 몰려오지 않았다

호박씨를 심다

묵정밭에 구덩이를 여럿 파고
거름 두어 삽씩 넣고는
검정비닐을 덮어 두었다

읍내 장에 나가서
모종을 사와 심을 작정하는데
이웃 아주머니가 지나가다가
커다란 호박이 열린다면서
호박씨 한 움큼 건네주었다
여기저기 심어놓으면
넝쿨이 기다랗게 뻗으며 돋아내는
넓적한 잎사귀 때문에
잡초도 덜 난다고 덧붙였다

호박을 맛있게 먹은 적이 있었다
밥솥에 찐 호박잎
찹쌀가루 버무려 쑨 호박범벅

밀가루 묻혀 기름에 부친 호박전
아무데서나 잘 자라는 호박을
아직도 배불리 먹지 못하는 주민이
호박처럼 둥근 지구 어딘가에 많겠지

내가 파놓은 구덩이들을 본 척도 안하고
잰걸음 떼는 아주머니에게 감사인사한 뒤
검정비닐에 구멍 뚫고는
호박씨를 세 개씩 심었다

신강화학파 新江華學派

박은 노래를 부르러 다니다가
김은 그림을 그리러 다니다가
이는 글을 쓰러 다니다가
강화에 왔다고 했다

내가 만났을 때 한자리에 있던 그들 중
박은 들풀을 쥐고 무언가 웅얼거렸고
김은 바람을 붙들고 무언가 허적거렸고
이는 햇빛을 만지며 무언가 끄적거렸다

무얼 하는지 알 수 없었지만
나는 무얼 했던가
그들은 서로 들풀과 바람과 햇빛을 맞바꾸고
들풀과 바람과 햇빛은 번갈아 그들을 맞바꾸는 걸
나는 보면서 무언가 더 보았다
내가 그들이 되어 여러 눈으로 나를 바라보았고
그들이 내가 되어 한 눈으로 그들을 바라보았다

강화에 와서 나는 또 많은 사람을 만났다
밭두렁과 자드락길과 산자락에서 제각각
다른 박은 호미질 하다가 들풀을 떠받들었고
다른 김은 잰걸음 걷다가 바람을 흔들었고
다른 이는 해바라기하다가 햇빛을 내리비추었다
그때 나는 그리 따라하면서 다른 내가 되었다

달빛 광경

밤에 달빛이 너무 흰해서
창문을 열고 내다보았다
논둑에서 어슬렁거리는 달이
나와 눈이 마주치자
빛을 쏟아내는데
한 개가 아니었다
산등성으로 올라간 달은 둥그레지고
마을로 들어간 달은 커다래지고
전깃줄에 올라탄 달은 불그스름해졌다
아직도 논둑에서 어슬렁거리는 달은
산등성으로 올라가선 둥근 달을 등에 업고 걸어 내려오고
마을로 들어가선 커다란 달을 가슴에 안고 뛰쳐나오고
전깃줄에 올라타선 붉은 달을 겨드랑이에 끼고 뛰어내리더
니
나에게 다가와 나를 잡아 끌어당기기에
나는 가만 서서 달을 잡아 끌어당기다가
그만 창문틀에 끼고 말았다

꼼짝달싹 못하다가

그 날 밤을 꼴딱 새고

달이 허공으로 돌아가고 나서야

나는 잠자리로 돌아왔다

입하立夏

오늘은 텃밭에서
무얼 해야 하는 때인지 알려고
아침에 둘러보러 나갔다
저만큼 비탈 밭에서
두둑에 비닐을 덮어씌우는
밭주인이 있었다
말인사부터 한 내가
무슨 농사지으려느냐고 물으니
고추 모종하려고 하는데
올핸 아직도 날씨가 춥다고 대답했다
나도 풋고추 따먹을 텃밭을 갈아놓고는
언제 심어야 할지 몰라서
둘러보러 나왔단 말 차마 하지 못하고
구경만 하고 떠나다가
뜬금없이 떠오른 생각이 있었으니
강화가 춥다면 개풍은 더 추울 테고
이곳에서 늦어진다면 그곳에선 더 늦어질 텐데

언제 키우고 언제 거두어 먹나
강화에서 자급자족해야 하는 내가
지금 신경 써야 하는 건
텃밭에 때맞춰 고추 모종하는 일,
나는 집으로 돌아오면서
개풍을 잊었다

마을길 걷다

집에서 나오면 길은 두 갈래다
오르막은 산으로 올라가는 길
내리막은 마을로 내려가는 길
외지인들이 산길을 걸을 때
나는 마을길을 걷는다
푸르고 높고 기다란 산줄기보다
낡고 야트막하고 짤막한 처마에 더 끌리고,
산비탈에 박힌 바위보다
텃밭 가에 던져진 잔 돌멩이에 더 붙들린다
산발치 조팝꽃은
지나가는 발짝 소리 들릴 때만
조밀 피어 있으면 되지만
마을 어귀 복사꽃은
쳐다보는 눈길 보일 때마다
송이송이 피어 있어야 할 테니
더 피곤하였겠지
나는 조팝나무보다 복사나무에 더 사로잡힌다

오르막도 내리막도 걷다 보면
들로 가고
학교로 가고
이웃집으로 가고
옆 동네로 가기는 마찬가지,
외지인들이 산길을 걸을 때
나는 마을길을 걷는다

곁눈질

주민들이 일하러 나오지 않은
이른 아침에 밭둑을 걸으며
가만히 곁눈질한다

농사짓는 순서를 모르는 내가
주민들에게 물어보기가 민망하여
밭을 슬쩍 둘러보는 거다
주민들이 나를 알아본다고 해도
고개 숙인 모습으로 보일 테니
산책하는 줄로 착각할 것이다
그 중에 나를 시인으로 아는 이웃은
생각에 잠겨 있는 줄로 알 것이다

검정비닐을 덮어씌운 두둑만 봐서는
고추밭일지 고구마밭일지 모르겠다
아직도 심을 작물을 정하지 않은 나는
이웃이 하는 대로 따라할 작정을 한다

시골에 와서 봄철 날마다
이른 아침에 산책한다
사유하기 위해서가 아니라
농사일을 커닝하기 위해서다

신강화학파의 할 일

봄 깊도록 기온이 낮은 강화,
농사일이 늦게 시작된 올해,
나는 괭이로 생땅을 파 뒤집고 고른 뒤
퇴비를 사서 섞고 씨를 뿌렸다
날마다 고랑에 앉아 살펴보는 나에게
하루는 길손이 말을 걸어왔다
"농기계를 사용하지 않고
화학비료를 주지 않지요?
신강화학파군요."
"신강화학파라니요?
조립식 집 짓고 남은 자투리땅이
다섯 평밖에 되지 않으니
이웃이 농기계로 갈아주지 않으며
화학비료를 왜 써야 하는지 알지 못합니다."
길손은 더는 말하지 않고 떠나갔다
별짓도 아닌 서툰 괭이질을
농사일로 여기는 신강화학파라면

잡초를 매지 않아도 눈총 주지 않고
웃자란 나물을 솎지 않아도 나무라지 않고
벌레를 잡아 죽이지 않더라도 트집 잡지 않을 테니
그까짓 나도 끼어볼 수 있지 않을까 싶었다
어딜 가면 신강화학파를 만날 수 있는지 물어보려고
추수철까지 길손을 기다렸으나 오지 않았다
언젠가 내가 신강화학파에 속하게 되면
꼭 해야 할 일을 마음에 새겨두었다
새에게 씨앗을 쪼아 먹도록 놔두는 일
고라니가 밭이랑을 뭉개도 욕하지 않는 일
일 못하는 자를 이웃되게 허락하는 일

쑥떡 봄철

집 둘레 밭둑에서 캔 쑥으로
아내가 쑥떡을 해서는
밭주인들에게 돌리라며
비닐봉지에 나눠 담아 주었다

비닐봉지 여럿 들고
밭둑에 난 쑥을 밟으며
뒷밭주인을 찾아가니
고추모종 사러 갔다고 하고
앞밭주인을 찾아가니
품앗이하러 갔다고 하고
오른쪽 밭주인을 찾아가니
장에 고구마순 팔러 갔다고 하고
왼쪽 밭주인을 찾아가니
농협에 퇴비 사러 갔다고 했다

봄철에 밭주인들이 쑥떡을 맛보는 건

시급하지 않은 일이라는 걸 겨우 알고
밭둑에 난 쑥을 밟으며 집에 돌아와서
아내에게 비닐봉지를 되돌려주었다

밤나무에게 거름을 주다

밭둑에 밤나무가 심긴 묵정밭을 갈다가
지난해 떨어진 밤송이들이 뒹굴고 있기에
신발로 밟아 벌려 보니 모조리 쭉정이였다

내가 처음 강화에 왔던 해부터 밤나무는
밤꽃을 피워
초여름을 향기롭게 하고
밤송이를 열어
늦가을을 익게 했는데
내가 강화를 떠났던 해부터 밤나무는
꽃도 제대로 못 피우고
밤도 제대로 못 열고
겨울에는 나목으로 버티었나 보다

밤나무보다 덜 늙은 내가
강화로 다시 온 올 봄엔
거름을 묵정밭에다 뿌리지 않고

뿌리 부근에 퍼붓고는 흙을 덮었다
밤나무는 밤꽃 송아리 송아리 피우도록
그래서 나는 꽃향기에 흠뻑 취하도록
밤나무는 밤송이 알알이 알알이 열도록
그래서 나는 알밤을 오도독 먹도록

바람길

산정에서 불어온 바람이
내 양어깨를 지나
들판으로 불어간다

나는 양어깨를 펴고서
산정으로 올라가면 바람을 일으킬 수 있을지
들판으로 내려가면 바람을 쓰러뜨릴 수 있을지
의문하다가
바람이 오고 가는 길이
피는 꽃과 지는 꽃 사이에 나 있어
꽃나무가 흔들린다는 걸 알고
바람길로 접어든다

나에게도 개화의 시절이 있었다
양어깨에 꽃들이 마구 피어났을 적엔
산정처럼 솟았지
나에게도 낙화의 시절이 있었다

양어깨에서 꽃들이 마구 졌을 적엔
들판처럼 주저앉았지

내가 양어깨를 움츠리고 바람길을 걸어서
산정으로 올라가면 꽃나무는 들판으로 내려가서 흔들리고
들판으로 내려가면 꽃나무는 산정으로 올라가서 흔들린다

봄비가 내리고 그치고 또 내리다

봄비가 내릴 때
먼산바라기를 하다가
봄비가 그친 뒤
삽과 비닐봉지를 찾아 들고
나는 가까운 뒷산에 올라갔다
꽃 다 진 산수유도
가시 많은 개두릅도
잎을 내밀기 전,
내가 가까이 다가가니
아연 봄기운이 돌았다
가지마다 산등성이가 얹혀 있었는데
내가 삽으로 뿌리를 떠서
비닐봉지에 담아도 꼼짝달싹하지 않았다
우리 집 마당에 힘겹게 옮겨 심어놓으니
날마다 산등성이들이 가지에서 내려와
첩첩봉봉을 이루다가
어느 날 또 봄비가 내리자

먼 산으로 물러났다

산수유와 개두릅이 날 싫어하겠다

자칭 신강화학파

내가 넙성리에 이삿짐 푼 지 두어 달 쯤 되었을 때
세 사람이 찾아와 신강화학파라고 자기 소개했다
동막리 산다는 사람은 삼백두 살 농부라 했고
외포리 산다는 사람은 이백다섯 살 기술자라 했고
국화리 산다는 사람은 백열세 살 막일꾼이라 했다
마을 밖 삼십 리를 떠나지 않고 생업에만 전념하다가
새로운 사람이 강화에 들어왔단 소문이 들리면
이렇게 가르침을 청하러 다닌다고 했다
물론 신강화학파에는 사오십 대 문인과 화가와 가수와
인문학자와 활동가도 많지만
그들은 비주류이고 자신들이 주류라고 했다
강화 구석구석을 돌아다니며 공부한다는
비주류를 초청하여 강연도 듣고 토론도 해봤지만
강화의 문제점을 해석하고 해결하는 능력은 있어도
강화의 햇빛과 바람에 대해서는 알지 못하더라고 했다
나는 아무래도 비주류보다는 주류에 가깝다는 생각을 하면
서

동막리 농부에게 주산물이 무엇이냐 묻고
외포리 기술자에게 무슨 업종에 종사하느냐 묻고
국화리 막일꾼에게 일당을 얼마나 받느냐 물었다
내 질문에는 일체 대꾸도 하지 않고
글 씁네 그림 그립네 노래 부릅네 하며
강화에 들어와 겨우 일이십 년 지내고는
다 아는 척하는 비주류가 못마땅하다면서
햇빛이 들녘에 먼저 내리는지 산꼭대기에 먼저 내리는지
바람이 단풍나무의 잎을 나중 흔드는지 새의 깃털을 나중
흔드는지
햇빛과 바람을 속속들이 형상화할 수 있을 때까지
나에게 이러쿵저러쿵 강화를 논하지 말라고 했다
신강화학파 주류가 가르침을 청하러 온 게 아니라
강화에서 착하게 사는 법 한 수 가르치러 찾아왔다는 걸
직감하고
나이 겨우 육십 살이고 등단한 지 삼십팔 년 된 시인인
나는 앞섶을 여미지 않을 수 없었다

가장귀

잣나무 몇 그루가 가장자리에 자라는
텃밭을 빌려주었더니
그는 갈아서 고랑을 타고
두둑에 비닐을 덮어씌웠다

무얼 심으려느냐고 내가 물었더니
고추를 심겠다고 그는 대답했고
추수 많이 하면 도조 많이 주고
적게 하면 적게 주겠다고 그가 말하기에
나는 아무런 말도 하지 않았다

밭일하다가 힘겨우면
잣나무 그늘에서 취하던 휴식을
가장 좋아했던 나는
그도 그러하기를 바랐는데
그는 잣나무 그늘 때문에
고추가 많이 열리지 않겠다면서

가장귀를 베면 안 되겠느냐고 물었고
나는 도조를 받지 않겠으니
가장귀를 베지 말라고 대답했다

내가 묘목으로 심었던 잣나무 몇 그루는
성목成木으로 자라는 동안
스스로 잔가지를 퇴화시키면서
밭일에 지친 사람이 앉아 쉴 수 있는 자리만큼만
텃밭에 그늘을 내리는 가장귀를 지녀왔다고 믿었다

호박씨를 누가 주었더라?

비 오고 나니
호박씨가 싹 돋아내고 호박모종은 파랗다
자투리땅에 구덩이 여남은 개 파고
씨도 심고 모종도 했는데
누가 주었더라?
누, 가, 주, 었, 더, 라?
곰곰 생각해 보니
우리 집 앞을 지나 밭일 다니던 이웃아주머니가
내가 파놓은 채로 며칠 놔둔 빈 구덩이를 보고
아주 맛있는 둥근 호박이 열리는 씨라며 주었지
한 구덩이에 세 개씩 심고
모자라는 수만큼 시장에서 사온 모종을 했었지
아, 호박들은 저마다 넝쿨을 무엇에게로 뻗을까?
사방을 둘러보니
밤나무도 있고 둔덕도 있고 나도 있구나
아, 호박들은 저마다 아주 맛있는 둥근 호박을 누구에게
주고 싶을까?

그 전에 호박꽃을 꿀벌에게 주고 호박잎을 아내에게 준
뒤
더 이상 줄 것이 없을 때 애호박을 열어서 늙은 호박으로
키울 것이다
그러면 내가 씨를 받아두었다가
내년에 남의 집 앞을 지나 산책하다가
자투리땅에 파놓은 채로 며칠 놔둔 빈 구덩이가 보이면
주인에게 아주 맛있는 둥근 호박이 열린다면서 주어야겠다
나중에 비 오는 날
호박씨가 싹 돋아낸 걸 본 그가
바로 나를 떠올릴까?
그도 호박씨를 발겨뒀다가 이듬해 누군가에게 주기는 하겠
지

소리의 집

뜰에 심은 구근들이
땅바닥을 뚫고 나오는 소리에
나는 가만 누워 있다가 벌떡 일어나고,
울타리로 심은 묘목들이
허공을 드높이는 소리에
나는 가만 서 있다가 활개를 편다

내가 책 읽는 소리를
구근들이 듣고는 싹 더 내밀어
땅바닥에 끌어내리고 싶을 것이고,
내가 연필로 메모하는 소리를
묘목들이 듣고는 가지 더 내밀어
허공에 퍼뜨리고 싶을 것이다

수많은 구근 중에서 작약을 선택하여
뜰에 심은 날엔 내 마음이 가벼워져서
숨소리가 순해지고 잠꼬대가 나직해지는 집

수많은 묘목 중에서 쥐똥나무를 선택하여

울타리로 심은 날엔 내 몸이 힘들어서

숨소리가 거칠어지고 잠꼬대가 시끄러워지는 집

햇빛과 바람의 골짜기

아침에 햇빛이 비치면
불기 시작한 바람은
저물 무렵에 멎었다
독주골인지 덕적골인지
이웃들의 발음이 또렷하지 않는 얕은 골짜기
자드락길가에 지은 판넬 조립식 집에서 나는
햇빛을 바라보고
바람과 마주했는데
아침나절부터 저녁나절까지
그것들에게서 어떤 소리가 났다
가랑잎들 굴러다니는 소린가
나뭇가지들 웅얼거리는 소린가
산그늘 돌아다니는 소린가
나는 귀를 세우고 눈을 굴리다가
골짜기로 올라갔다가 내려오곤 했다
논밭을 부치기에는 이른 초봄이어서
집 안팎 들고나며

햇빛에 반짝이는 찬 논물도 바라보고
바람에 풀럭이는 마른 밭풀도 마주했다

신강화학파의 분파

저 들고양이도 신강화학파인가요?
내리에서 고양이를 기른다는 주민이 대답했다
신강화학파 들고양이 분파입니다
저 들개도 신강화학파인가요?
창리에서 개를 기른다는 주민이 대답했다
신강화학파 들개 분파입니다

나는 신강화학파에게 감동하여
우리 집 앞 논둑에서 사부작거리는
들고양이를 수상쩍어 했던
우리 집 앞 밭둑에서 짖어대는
들개를 수상쩍어 했던
나의 무지를 반성했다

들고양이는 나에게 남몰래 움직이는 법을 가르쳐 주기 위해
우리 집 앞 논둑에 친히 나와서 몸짓을 보여주었다 싶으니
들개는 나에게 함부로 소리치는 법을 가르쳐 주기 위해

우리 집 앞 밭둑에 친히 나와서 목소리를 들려주었다 싶으니
갑자기 우러러 보이었다

나는 들고양이가 나타나면
무슨 몸짓을 하는지 바라보며 따라해 보곤 했는데
그럴 때마다 내리 주민이 와서 나에게 말하곤 했다
신강화학파 들고양이 분파에 들면 되겠습니다
나는 들개가 나타나면
무슨 목소리를 내는지 들으며 따라해 보곤 했는데
그럴 때마다 창리 주민이 와서 나에게 말하곤 했다
신강화학파 들개 분파에 들면 되겠습니다

잣나무들이 문제였다

면 산업계 담당자가 둘러보곤
전田에 잣나무를 키우면
경작으로 보지 않고
휴경으로 본다며
농지를 처분해야 한다고 말했다
집 옆에 붙은 밭을 일구기 힘겨워
묘목을 심어놓고 떠난 지
이십여 년 지나 돌아오니
성목이 된 잣나무들이 문제였다
내가 벨 작정을 할 때
아내가 한꺼번에 많이 베면
곁이 빈 잣나무가 너무 쓸쓸하고 화가 나서
갑자기 쓰러져 집을 덮칠지도 모르니
날을 두고 듬성듬성 솎아 베는 게 좋다기에
정말 그럴 수도 있겠다 싶었다
잣나무들은 그 동안 자라면서
서로서로 곁에다가

날마다 다른 바람들의 소리를
철마다 다른 햇빛들의 눈부심을
해마다 다른 새들의 날갯짓을
가득 채우면서 사이를 잘 지켜 왔을 터였다
어쩌면 쳐다봐줄 내가 없어서 서운해 하며
우듬지를 키웠을지도 모를 잣나무들 앞에서
나는 톱을 들고 서 있었다

늙은 밤나무를 위해 젊은 잣나무를 베다

나의 묵정밭 늙은 밤나무 밑에
젊은 잣나무가 자라나 있었다
젊은 잣나무가 늙은 밤나무 때문에
더 이상 자라지 못한다는 생각은 하지 않고
늙은 밤나무가 젊은 잣나무 때문에
더 이상 밤을 열지 못한다는 생각을 했다

뒷산 비탈 밭 낡은 농막에서 사는
겉늙은 사내가 기둥감이 필요하다기에
젊은 잣나무를 베어 가도 좋다고 허락했더니
그 즉시 톱질하여 넘어뜨렸다

젊은 잣나무가 차지하고 있던
공중이 텅 비어 버려서
나는 허전하기 이를 데 없었다
곧 늙은 밤나무가 밤꽃을 피우면
내가 충만해질 수 있을까

늙은 밤나무가 밤을 잔뜩 열 수 있도록
거름을 듬뿍 줘야겠다고 다짐했다

젊은 밤나무를 베어간 겉늙은 사내가
가지를 잘라서 기둥을 세우고
새 농막을 지으니 뒷산 비탈 밭이 훤했다

자드락길 인사

자드락길가 우리 집 앞으로 지나다니는 행인들이 많다
올라가면 산 내려가면 논밭
아내는 마주칠 때마다 먼저 말인사를 하고
행인들은 건성으로 말인사를 받는다
마주 서서 한두 마디 더 할 법한데도 입 다문다
아내 따라 덩달아 말인사하는 나도 말 더 붙이지 않는다
행인들이 산이나 논밭에 오가기 위해서 자드락길에 들어설
까
우리가 자드락길가 집으로 이사 온 까닭은
산이나 논밭을 오가는 데 편하기 위해서가 아니다
산에선 입산과 하산을 택해야 하는 게 싫고
논밭에선 일손이 서툰 걸 감추고 싶은데
왜 우리가 자드락길가 집으로 이사 와서
많은 행인과 마주치는지 알 수가 없다
우리가 자드락길가 집으로 이사 온 뒤로
산을 오르내리는 외지사람들이나
논밭을 오가는 마을사람들과

말인사나 할 뿐 더 이상 대화하지 못한다
산에서 자라는 나무들이나
논밭에 갈아먹는 곡식들에 관해서도
이제 시골에선 함께 이야기하지 않고서도
저마다 편하게 지낼 수 있다는 걸 이렇게 안다

내가 사는 부근 밭들마다

내가 사는 부근 밭들마다
고랑의 폭이 다 다르다
봄에 고랑을 트면서
주인들은 저마다
자신이 편하게 다니게 할지
바람이 잘 통하게 할지
햇빛이 많이 내리게 할지
속가량했을 것이다

어떤 주인네 밭은 고랑이 넓고
어떤 주인네 밭은 고랑이 좁아도
밭들은 발자국이 찍히기만 하면
누군지 금방 알아차릴까
여름이 다가오면
채소나 잡초가 뽑히거나 뜯기는 걸 알기에
잎사귀나 줄기를 한번쯤 움츠리거나 펴지만
밭들이 아연 꿈틀대는 때가 있으니

고랑으로 들어선 이가
주인들이라는 걸 알아버린 때일까

밭들이 왜 그럴 수 있는지
나는 알고 싶어서 텃밭을 일구는데
봄에 고랑을 트다 보면
그 폭이 고르지 않다
상추 고랑은 나 자신이 편하게 다닐 수 있도록
시금치 고랑은 바람이 잘 통할 수 있도록
아욱 고랑은 햇빛이 많이 내릴 수 있도록
속가량하기는 해도
실은 내 일솜씨가 서툴러서다

신강화학파의 아침나절

안개 긴 아침이면
최씨는 벌통을 살펴보러 나가고
송씨는 고구마를 살펴보러 나가고
윤씨는 묘목을 살펴보러 나간다

아침이 오기 전까지
녹슨 컨테이너에서 잔 최씨는
꿀벌이 날아다닐 높은 허공을 가슴에 품고
찢긴 비닐하우스에서 잔 송씨는
고구마가 터 잡을 너른 땅을 가슴에 품고
낡은 농막에서 잔 윤씨는
묘목이 키워낼 푸른 녹음을 가슴에 품는다

최씨와 송씨와 윤씨는 죽이 맞아서
한 동네에서 자기 뜻대로 할 수 있는 일만 하고
상대방 일에 관해서 이러쿵저러쿵하지 않는다
이렇게 사는 그들을 신강화학파로 알고

이웃들이 존경의 눈으로 쳐다보면
각각 높은 허공과 너른 땅과 푸른 녹음을
가슴에서 꺼내 보여주곤 이내 도로 넣는다

그러고 나면 아침이 가는 동안
꿀벌에게 너른 땅과 푸른 녹음을 물고 오길 최씨는 바라고
고구마에게 높은 허공과 푸른 녹음을 끌어당기길 송씨는
바라고
묘목에게 높은 허공과 너른 땅을 차지하길 윤씨는 바라다가
안개가 걷힐 무렵
현 상태에 만족한다

풍경 독점

은퇴하여 시골로 들어온 초로의 부부는
우리 집보다 높은 땅에 집을 지으면서
2층 거실 사방에 커다란 창문을 냈다

동쪽에서 먼동이 자드락길을 어슬렁어슬렁 걸어다니고
서쪽에서 어스름이 산등성을 슬금슬금 덮고
남쪽에서 들판이 마을 집들을 꼭꼭 품고
북쪽에서 까치들이 공동묘지를 빙빙 선회하는 풍경들을
하루에 다 누리겠다는 속셈으로 여겨져
나는 나도 모르게 풍경에서 밀려나는 느낌이었다

초로의 부부는 2층 거실에서 훤하게 트인 동서남북을
독차지할 수만 있다면 자신들이 독차지하겠다면서
소파에 비스듬히 앉아 종일 휴식을 취하곤 했다

동창으로는 내가 수시로 걷는 자드락길이 잘 보이고
서창으로는 내가 자주 올라 쉬는 산등성이 잘 보이고

남창으로는 내가 때마다 종자를 얻으러 다니는 마을 집들이
잘 보이고
　　북창으로는 내가 이따금 둘러보는 공동묘지가 잘 보여서
　　초로의 부부한테 꼭 내가 감시당하는 기분이었다

　　나는 작은 남창이 하나 달린 방에서 지내고 있다
　　내가 볼 수 있는 곳은 언제나 남쪽,
　　친지가 방문했다가 북쪽도 볼 수 있도록
　　작은 북창을 하나 더 내라고 했지만 내고 싶지 않았다

흔한 정경

근처 밭들 둘러보니
고랑에 앉아 두둑 고르는 주민들
모두 나이 드셨다
나는 호미 들고
밭에 들어가려다가
고랑에게 미안해서
밭둑에 엉거주춤 선다

밭이나 사람이나
해 넘기면 나이 먹는데
밭은 새로 파릇해지고
사람은 더 늙수그레해진다

나는 시골에선 젊은 축,
늙은이일수록 더 오랫동안
밭 밟고 만져 왔으니
밭은 늙은이 반가워할 것이다

나는 밭에선 서툴기 짝이 없는 사람,
주민들은 내가 왜 호미 쥐고 있는지 알려 하지 않지만
나는 주민들이 저마다 호미 놓지 않는 속사정 알고 싶다

내가 밭둑에서 망설이는 사이
밭에서 새들이 날아오르고
고랑의 풀들이 흔들리고
공중의 바람이 멎어도
저 정경이 흔해서 그럴까
주민들은 눈길 주지 않고
나만 한동안 쳐다본다

풍경 탄생

잣나무들이 태풍에 쓰러지고 나니
그 뒤편 훤했다
산중턱 밭에는 녹슨 컨테이너 농막이 있고
밀짚모자 쓴 초로의 주인부부가
나란히 고랑 내려다보며 서 있었다

내가 올라가 인사하고 남편과 잡담하자
부인이 쪽파 캐어 한 움큼 주기에
얼른 돌아가라는 뜻으로 알고
두 손으로 받아들고 돌아왔다
집 외벽 아래 눕혀놓고
뿌리에 흙 덮어주었더니
며칠 후 쪽파들이 몸 일으키기 시작했다

여러 달이 지난 어느 날
무심결에 쓰러진 잣나무들 보았는데
뿌리 다 뽑히지 않았는지

잎사귀 여전히 푸르러 있었다
잣나무들이 그 크고 무거운 몸
하루라도 빨리 일으켜서
초로의 주인부부가 하루라도 더
둘이서만 지내며 일구고픈 산중턱 밭
나에게 안 보이도록 가려주길 바랐다

해질녘의 신강화학파

구석구석 농사짓는 강화에서
해질녘에 집 나서서
저마다 다른 길 돌아다니며
어딘가 바라보는 사람들이 있는데
스스로 신강화학파라고 한다
해질녘이면 나도 집 나서서
길섶에 주차된 승용차와
들판 지나는 송전탑과
산기슭에 세워진 전원주택과……
전국 어디서나 다를 바 없는
풍경 바라보다가
신강화학파와 마주친다
누그러지는 햇볕에 싸인 채
밭둑에서 만난 그는
시금치씨 뿌렸는데 잘 안 난다고 하고
비닐하우스 앞에서 만난 다른 그는
고구마순 값 내렸다고 하고

뽕나무 옆에서 만난 또 다른 그는
도시사람들이 오디 다 따갔다고 한다
신강화학파는 풍경 바깥도 볼 수 있다 하는데
시금치씨 잘 났는지
고구마순 값 올랐는지
도시사람들이 오디 따러 안 왔는지
그곳에서 일어난 일들 말하진 않는다
만약 나에게 풍경 바깥이 보인다면
승용차와 송전탑과 전원주택
그곳으로 당장 옮겨놓고 싶을지도 모르는 해질녘,
저마다 다른 길 돌아다닌
신강화학파가 집으로 돌아가면서
비로소 한 방향 바라보고
나도 집으로 돌아오면서 같은 방향 바라보면
강화 구석구석 농사일 마친다

뭐 심으시꺄

아잇적부터 호미질 했다는 그는
상노인이 되어도 호미질 한다
내가 호미질 하고 있으니
그가 지나가다가 묻는다
뭐 심으시꺄
내가 주차장 만들려고
마당 고르고 있었을 때,
그가 호미 들고 지나가던 길이었다
그가 보기에는
누군가가 호미질 하고 있으면
무언가 심으려는 행위다
시골에서 호미질로 할 수 있는 일이
밭일밖에 없는 걸로 그는 안다
언젠가도 그랬다
내가 마당에서 호미로 돌부리 캐고 있을 때
그가 호미 들고 지나가다가 멈춰 서서 물었다
뭐 심으시꺄

일평생 땅 일군 그는
일평생 나무나 씨 심어서
일평생 열매나 나물을 거두었다고
나는 생각한다
다음에 한 번 더 물으면
무슨 나무나 무슨 씨 심으면
많이 거둘 수 있겠느냐고 되물어야겠다

솎아서 가져가게 하지 말고 솎아서 주어야 한다

뒷산 비탈 밭 녹슨 컨테이너에
인기척이 나서 올라가보니
그가 모종판을 살펴보고 있었다
나는 강화에 살러 다시 왔고
그는 강화에 살러 처음 왔다는
인사를 하는 자리,
비슷한 연배라는 걸 알고는
금방 허물없이 이야기했다
"어제 놀러 온 친지들에게
채소 솎아서 가져가게 했더니
다음에 거둘 게 없어요.
채소는 솎아서 주어야
다음에 거둘 게 있어요."
밭에 몰려들어 채소를 챙기는
친지들이 저절로 상상되어서
나는 맞장구쳤다
"도시사람들 무공해라면 걸귀 들리니

솎아서 가져가게 하지 말고 솎아서 주어야
농사짓는 사람 먹을 게 남기는 하겠네요."
그는 봉선화와 안개꽃 모종을
여러 포기 나에게 주었다
집 둘레에 심어놓고
씨 맺히는 철에 놀러 오는 친지들이 있으면
직접 발겨서 가져가는 예쁜 짓을 하게 해야겠다
얼마나 훑어가서 빈터를 찾아 뿌릴지 알 수 없지만

일을 죽인다

뒷산을 걸어 올라가다가
개간하는 늙수그레한 사내를 보았다
사내는 순전히 괭이와 호미만으로
돌멩이를 캐내고는
고랑을 파고 두둑을 올렸는데
흙이 곱게 부서져 있었다
"일을 참 잘하시는군요."
"일을 죽이는 거죠."
나는 시간을 죽인다고 말한 적 있지만
사내는 일을 죽인다고 말했다
보내야 할 시간이 너무 많이 남아 있어서
나는 날마다 시를 썼지만
해야 할 일이 너무 많이 남아 있어서
사내는 날마다 비탈을 일구나 보다
나보다 나이 더 들어 보이는 사내가
시간을 죽이지 않고 일을 죽이고 있다니,
한 생애 완성하고 싶은 일이 없거나

스스로 일을 완성할 인물이 아니라고 여기는 걸까
"일을 참 잘하시는군요."
"일을 죽이는 거죠."
내가 다시 말했으나 사내가 똑같이 말하기에
뒷산을 걸어 내려오면서 고민했다
나는 이제 시를 죽여야 할까?

신강화학파의 꿈

이런저런 주민들로 이루어져 있다는 신강화학파가
개풍에 다니러 갔다가 돌아오지 못한 주민과
강화에 다니러 왔다가 돌아가지 못한 주민을
똑같이 생각해 보자며 그 자리에 나를 초청했다
금월리에 귀촌했다는 주민은
강화와 개풍으로 교차 귀향할 수 있는 법을
당국에 요청하는 일이 급하다고 했고,
두운리에서 태어나고 자랐다는 주민은
강화와 개풍에서 나는 인삼을
한 자리에 모아 축제하는 계획을
당국에 제안하자는 아이디어를 냈고,
철산리에서 실향민의 자식으로 산다는 주민은
각자 원하는 곳을 찾아 살 수 있는 나라로
남북을 변하게 해야 한다고 주장했으나
다들 신통한 반응을 보이지 않았다
내가 말할 순서가 되었는데도
헛소리로 들리겠다 싶어 머뭇거리다가

강화 주민과 개풍 주민이
간만을 조절할 수 있는 힘을 키워서
갯벌에 나들이 길을 생기게 해
당국 몰래 드나들며 도시락을 나눠 먹고
밥맛을 비교하며 입맛을 맞추도록 하자는
허황한 말을 느릿느릿했더니 다들 박수쳤다
그런데 가만 듣고 있던 신강화학파 중에서
양봉업 한다는 늙은 주민이 사투리로 한마디했다
당장에 사람들이 오가기 쉽지 않고
꿀벌이 바다를 건널 수 있는지도 모르겠시다만
꿀벌 치는 강화주민들이 분봉해서
당국을 통해 개풍주민들에게 무상으로 분양한 다음
강화의 최북단 산자락에, 개풍의 최남단 산자락에
각각 벌통을 놓게 하면 계절에 따라 강화와 개풍에
같은 꽃이 피어나는지 다른 꽃이 피어나는지
꿀맛으로 알 수 있지 않겠시꺄
그거 먼저 아는 게 중요치 않겠시꺄

원주민

강화도 북단 마을이 고향인 사내가
떠난 지 사십여 년 만에 귀향하여
바다 구경 나갔다가
둘러쳐진 철책선 앞에서 당황스러워 한다
사내는 소년 시절 갯골에서
미끄럼도 타고 망둥어도 잡다가
문득 고개 돌리면
햇빛 훤한 연백평야 끝자락 마을에
잎들이 무성한 나무들이 보여서
감이 주렁주렁 달리는 감나무가 많은지
밤이 송이송이 열리는 밤나무가 많은지
굴뚝으로 피어오르는 연기가 보여서
부엌에서 어머니들이 가마솥에 밥을 하는지
아래채 아궁이에다 아버지들이 군불을 때는지
호기심이 동하여 서 있었던 적이 있다
연백평야 끝자락 마을에서도
햇빛 훤한 강화도 북단 마을에

잎들이 무성한 나무들이 보여서
감이 주렁주렁 달리는 감나무가 많은지
밤이 송이송이 열리는 밤나무가 많은지
굴뚝으로 피어오르는 연기가 보여서
부엌에서 어머니들이 가마솥에 밥을 하는지
아래채 아궁이에다 아버지들이 군불을 때는지
호기심이 동하여 서 있었던 소년이
고향 떠난 지 사십여 년 만에 귀향하여
바다 구경 나왔다가 둘러쳐진 철책선 앞에서
지금 당황스러워 하고 있을지도 모르겠다 싶어
사내는 두 눈을 껌뻑껌뻑한다
강화도 북단 마을에서 태어난 자신이
먹고살기 위해 집 떠났다가 돌아왔으므로
연백평야 끝자락 마을에서 태어난 소년도
먹고살기 위해 집 떠났다가 돌아왔으리라고
사내는 좋게 좋게 짐작해 본다

말년

아들 늦장가 보내며 웃고
며느리 밥상 받으며 웃고
손자 재롱 보며 웃던
노인은 채 십 년도 못 돼
마당에 앉아 울상 짓고 있었다
아들이 중국동포 처자와 결혼한다며
나에게 청첩장 건네주었을 때
안살림 할 식구 생겨서 안심된다고 했는데
어느새 세월 흘러 요즘엔
아들 논밭에 가고
며느리 직장에 가고
손자 초등학교에 가니
종일 홀로 지내는
노인이 나를 만나자 헛푸념했다
또래 없는 시골 동네에서 산다는 것이
바깥일 할 수 있는 나이에 집안일만 한다는 것이
다달이 목돈 벌 수 있는데도 논다는 것이

중국에서 너무 가난하여 하고 싶은 걸 하지 못했던
며느리에겐 답답하고 허전하고 안타까웠겠단 생각 들어
나는 노인에게 맞장구쳐 줄 수 없었다
산과 들에 둘러싸여 있기에는
너무 젊은 며느리 이해한다면서도
적적한 말년 슬퍼하는 노인 옆에
나는 가만히 앉아 있어 주었다

고물자전거

강화도로 이주한 뒤로 집에서 십리쯤 떨어진
목욕탕에 승용차를 운전해서 다녔다
주차장에서 주인과 노닥거리던 어느 날,
손님이 승용차에서 내리더니
한구석에 세워진 고물자전거를 가리키며
반년만 빌려 달라고 부탁했다
주인이 이유를 물으니
손님은 자신의 축산농장에 네팔인 노동자가 일하는데
마트가 멀어서 식료품을 사러 가지 않는다면서
고물자전거라도 갖다 주면 타고 다닐 것 같고,
반년 후 산업연수가 끝나고 출국하면
그때 되돌려주겠다고 설명했다
저런 손님이 고용주라면
가축 분뇨를 치우는 네팔인 노동자랑
일과 후에 함께 목욕하는 일은 절대 없었겠다
네팔인 노동자는 먼먼 이 목욕탕에
혼자서 찾아올 수도 없었겠다

주인은 손님에게
주말마다 네팔인 노동자를 태워서
목욕탕에 데리고 온다면
기꺼이 고물자전거를 빌려 주겠다고 말했다
한국인 고용주와 네팔인 노동자가
고물자전거 앞뒤 안장에 올라앉아
목욕탕으로 씽씽 달려오는 광경이 상상되지 않았다
주인과 손님의 대화가 길어지기에
나는 승용차에 올라타고 시동을 걸었다
내가 목욕탕 주인이라도 저리하겠지만
축산농장 고용주라도 저리할까

목욕탕에서

내가 거울 앞에 앉아 때를 밀 때
신체 건장한 세 사나이가
온탕에서 큰소리로 떠드는데
전혀 알아들을 수 없었다
내가 그 옆에 들어가서야
세 사나이가 중국말을 한다는 걸 알았다
내 몸이 따스해지고 있으니
저들은 이미 몸이 따스해졌겠지
한 사나이가 어감이 다른 한국말로 말을 걸어 왔다
핸드폰을 고치려면 어디로 가야 합네까
읍내에 가면 고치는 가게가 있을 거예요
나는 조선족이냐고 물으려다가 중국동포냐고 물었다
그는 고개를 끄덕이고는
다시 두 사나이와 중국말로 시끄럽게 지껄였다
나는 예의가 없다고 생각하며 남탕을 나왔는데
여탕에서 나온 아내가
목욕 마친 태국처녀애들이 옷도 안 입고

탈의실에서 태국말로 왁자지껄한다면서
도통 예의가 없더라고 불평했다
몸이 따스해졌기 때문일 거야
어쩌면 그 나라에선 목욕 후에 다 그럴지도 모르잖아
강화도에 살면서 자주 다니는 목욕탕에서
수다 떠는 외국인노동자들과 같이 목욕한 날은
아내와 나도 말이 많아지곤 했다

신강화학파의 햇빛과 바람

신강화학파에 들어오라는 말을 들은 나는
두운리 포장지공장에서 일하는 태국인도
도장리 싱크대 공장에서 일하는 중국인도
장흥리 축산농장에서 일하는 네팔인도
받아들여 같이 놀자고 제안했다
강화 주민들만 모아 무슨 일을 벌이는 건
시절에 어울리지 않는 짓거리이며
이방인들과도 어떻게 놀 건지
궁리해야 무슨 일이든 더 잘된다고 설명했다
강화에 와서 내가 왜 끝없이
햇빛을 받는지 바람을 맞는지 아느냐고
신강화학파를 향해 질문하고는
태국인도 중국인도 네팔인도 끝없이
햇빛을 받고 바람을 맞기 때문이라고
나 자신을 향해 대답했다
같이 논다는 건
햇빛을 같이 받고 바람을 같이 맞는 것과 같은 것이다

내 말소리를 알아들은 신강화학파 중에서
태국 수상시장에 관광 갔다 온 주민들은
같이 해안도로를 걷자고 하고
중국 만리장성 여행 갔다 온 주민들은
같이 돈대를 구경 다니자고 하고
네팔에 트레킹하러 갔다 온 주민들은
같이 마니산을 등산하자고 했다
이방인들과 그렇게 노는 것이
강화에서만 득시글거리는 햇빛도 같이 받고
강화에서만 잉잉거리는 바람도 같이 맞는 것이라고 했다
이런 강화 주민들로 신강화학파가 이루어져 있다면
두운리 포장지공장에서 일하는 태국인도
도장리 싱크대 공장에서 일하는 중국인도
장흥리 축산농장에서 일하는 네팔인도
끝없이 햇빛을 같이 받을 것이고 바람을 같이 맞을 것이므로
나도 신강화학파에 들어갈 수 있겠다

복사나무

홀로 사는 아들에게 밥해 주느라
안컨이 서울 가서 지내다가
강화로 돌아와 바깥컨과 함께
복사나무를 보살피고 있었다

바깥컨과 안컨이 밭가에 구덩이를 파고
어린 복사나무을 심던 광경이 선했다
그날은 장가간 아들을 분가시킨 날,
어린 복사나무로 기념식수를 했는데
몇 해 후 며느리가 재산을 챙겨 도망쳤고
안컨이 아들에게 갔다는 소문을 들었을 땐
복사나무가 제법 커져 있었다

복사나무를 가까이서 마주 하니
가지를 튼실하게 뻗어 있었다
바깥컨은 원가지에 지지대를 세워주고
안컨은 잔가지를 전지하였다

잘 키웠다고 내가 칭찬하니
바깥쥔은 고개를 돌리지 않았고
안쥔은 얼굴을 흔들었다

결국 아들이 고향집으로 돌아와서
바깥쥔과 안쥔과 다 같이 돌봐주면
복사나무는 며느리를 기다리며
더 많은 복숭아를 주렁주렁 열 것이다
어디선가 며느리도 복숭아를 사먹을 철이면
한번쯤은 이 복사나무를 떠올리리라고
나는 말해 주고 싶었다

고구마

외지에서 이사 온 초로의 여자는
지난해 고구마 농사를 잘 지었다
상등품을 모조리 내다팔고
하등품을 이웃에게 나눠주었다

올해 또 고구마 농사를 지으려고
순을 수소문해 보니
이웃이 판다고 했다
초로의 여자가 볼 적에
자신이 준 고구마를 씨로 삼아
이웃이 순을 키웠으니
당연히 공짜로 주려니 했으나
덤 하나 없이 값을 다 받았다

외지에서 이사 온 초로의 여자는
토박이 이웃과 옥신각신하면
한 동네에서 살아가기 힘들겠다 싶어

군말 없이 현금을 지불하고

고구마 순을 가져와 심었다

기둥

밭에 심어 이십여 년 키운
잣나무 몇 그루를 베어서
뒷밭 농막에서 지내는 이웃남자에게 주고
나는 몇날며칠 공중을 쳐다보곤 했다
밭 갈고 고추모종을 한 뒤
어느 날 뒷산에 올라갔다가
역시 고추모종을 한 이웃남자가
기둥 세우는 걸 보고 다가갔다
고추건조실 만드는 중이라고 했다
공중을 푸르게 했던 잣나무가
공중에서 버티는 기둥이 되어 있었다
처음 나의 밭에 묘목으로 심겼을 때
잣나무는 나에게 맛있는 잣과
쉴 그늘을 내려주고 싶었을 텐데
밭이랑을 조금 더 넓히려는 내게 베이리라는 걸
이웃남자의 밭에서 고추건조실 기둥이 되리라는 걸
잣나무는 전혀 예감하지 못했을 것이다

나는 잣나무에게 미안하여 쓰다듬어 주었고

이웃남자는 나에게 고추를 따면 잘 말려주겠다고 말했다

수법

괭이와 쇠스랑과 호미로
산비탈 밭 갈아 씨 뿌리는 동안
줄곧 새소리를 들은 밭주인은
고랑에 듬성듬성 나무막대 박고는
검정 폐비닐을 길게 찢어 달았다

바람 불 때 휘날리는 검정 폐비닐을
새들이 왜 두려워한다고 믿는지
정녕 이해할 수 없지만
밭주인이 평소에 쓰던 수법이 아닌지
가까이하고 싶지 않은 사람들이 다가오면
손을 펄럭펄럭 내젓지 않았는지
그런 의문을 하면서 나는 이런 생각을 해 보았다
새들은 그걸 알아볼 수 있기에
산비탈 밭으로 날아들지 않는 것이지
바람에 휘날리는 검정 폐비닐을
두려워하기 때문은 아니며

오히려 밭주인을 조롱하느라고
멀리서 바라다보며 깔깔깔 우짖는다고

새들이 날아들지 않았는데도
두둑에 싹이 돋아나지 않자
밭주인은 상심하여 검정 폐비닐을 내리고
괭이와 쇠스랑과 호미 다 놓은 뒤
날마다 산비탈에 앉아 새소리를 들었다
올해 처음으로 농사를 짓기에
씨를 너무 깊이 묻은 줄 모른 채로

강화학파와 신강화학파의 덕담

시단과 소식을 끊고 지내는 나에게
강화학파 문인과 신강화학파 문인이 제각각 찾아와
함께 강화에 관하여 글을 쓰자고 청했으나
어느 학파에도 속하고 싶지 않아 거절했다
강화에서 내가 시작詩作보다 더 관심을 가지는 게 있으니
집집마다 뛰어난 농사꾼이었던 노부부들 중
한 사람은 죽고 한 사람만 남아 농사일하는 모습인데
이런 나를 모르는 강화학파 문인과 신강화학파 문인은
나에게 시단과 담 쌓으면 주목받기 어렵지만
자기네 학파에 들어오면 그런 따위를 훌쩍 뛰어넘어
작품 안에 들어가 주인공으로 움직일 수도 있고
작품 바깥에 나가 독자로 읽을 수도 있다고 했다
나는 이미 그리하고 있다고 대꾸했더니
어린 자식을 업고 들일하다가 젖 먹였던 노부부들
다 키운 자식을 혼인시켜 외지로 분가시켰던 노부부들
모두가 머지않아 저세상으로 떠날 터이므로
강화학파도 신강화학파도

그들의 생을 기록할 계획을 세워놓고 있으니
공동 집필에 동참하면 길이 남으리라고 이구동성 꼬드겼다
나는 벌써부터 그 이야길 시로 쓰고 있다고 우쭐대자
강화학파 문인과 신강화학파 문인이 똑같은 덕담을 했다
그런 시편은 아무리 많이 발표해도 문명^{文名}을 날릴 수 없소만
강화에서 외롭지 않을 수 있는 진실한 행위이기는 하오
경향 각지에서 리얼리즘 배신이 대세라는 시절엔 말이오

여생

낫 든 초로의 사내 뒤따라
호미 들고 천천히 올라오는 노파와
나는 자드락길 내려가다가 마주쳤다
혼자 논밭 갈아먹느냐고 물었더니
아들이 도와준다고 대답했고
서울에서 머물고 있느냐고 묻기에
강화에 다시 지내러 왔다고 대답했다
여든 넘은 어머니와 예순 넘은 아들이
농사짓는다는 이야기 들으며
저만큼 걸어가는 초로의 사내 뒷모습 보았다

나는 안다, 그의 아버지가 살아 있던 동안
그의 어머니의 손 빌리지 않고 해놓은 일 서너 가지
새로 집 짓고 사철나무 묘목 심어 만든 울타리 그 안
콘크리트로 마당 말끔하게 포장한 일
관정에 성능 좋은 펌프 설치한 일
아담하게 꽃밭 조성한 일

나는 안다, 그의 어머니가 살아 있는 동안

그의 손 빌리지 않고 할 수 있는 일 서너 가지

집은 낡아가도 사철나무 전지하여 다듬은 울타리 그 안

마당에 고추 여러 번 널어 말리는 일

관정에서 물 실컷 끌어올려 쓰는 일

꽃밭에 벌과 나비 몰려들게 꽃 가꾸는 일

그런 일들 말고도 그의 어머니는 그의 아버지보다 한두

가지쯤 더 일할 것이다

같이 늙어가는 아들 여전히 어리게만 여기고

해마다 논밭에서 첫물로 거둔 푸성귀와 곡식과 과일 먹이다

가도

그의 아버지 따라 자신이 저승가고 난 뒤엔 누가 챙겨줄지

걱정하는 따위

나는 노파와 헤어져 자드락길 내려가며 자꾸 고개 돌렸는데

노파의 집이 훤하게 아늑하게 점점 커졌다

하늘에서 햇볕 모여들고 지하에서 물길 모여들고

사방에서 꽃향기 모여들고 있을까, 거기에만

늦봄 보슬비

늦봄에 내리는 보슬비는
모내기 끝낸 논에
먼저 내리는데
숲에 먼저 내리면
우듬지에서 구르느라
아래로 떨어지지 못하므로
흙바닥에 먼저 내리면
땅으로 스며들어서
흘러가지 못하므로
지붕에 먼저 내리면
곧바로 산산이 부서지므로
늦봄에 내리는 보슬비는
많이 내릴수록
물낯에 물결 많이 일으키는
논물이 마음에 들어
논에 먼저 내리는데

감나무

오랜 만에 강화 온 내가
안부 여쭈러 찾아갔을 때
이웃노인은 장년의 아들과
앞서거니 뒤서거니
앞산 기슭에서 내려왔다
아주 오래 전에 아버지와 같이 지어
농사지으며 지냈다던
오래된 흙집을 아들과 함께 허물었다고 했다

아버지가 세상 떠나신 뒤
새로이 아들과 같이 지어서
농사지으며 지내고 있다는
낡은 벽돌집 마당가에 나를 앉혀놓고
이웃노인은 감나무에서 홍시 따왔다
방 안으로 들어간 장년의 아들 턱짓하며
외지에 나가 사는데
논밭 처분하자고 엉겨 붙는다면서

이웃노인은 감씨 툭 뱉었다

땅값 많이 나가니
팔아서 주면 좋지 않겠느냐고
필요할 때 줘야 고마워한다고 내가 말했더니
아버지와 함께 마련한 땅 팔아서
아들에게 줄 순 없다고 이웃노인은 말했다

그때 방 밖으로 나온 장년의 아들이
감나무에서 홍시 따와서 먹다가
감씨 툭 뱉으며 혼잣말 구시렁거렸다
언젠가는 자식 데리고 와서
낡은 벽돌집 허물 날이 올 텐데
그때까지도 감나무는 살아남아서
홍시 주렁주렁 달고 있겠지요?

신강화학파의 마을

이쪽 끝자락 산기슭에서
저쪽 끝자락 들머리까지
길이 휘어졌다가 펴질 때
너른 마을에 흩어져 사는 신강화학파가
한자리에 모여 소식을 주고받는다

첫인사하고 나면 얼굴 알아보고 수인사할 뿐
통성명하지 않아 성함을 알지 못하는 마을에서
벽돌2층집에서 살면 벽돌2층집 주인
목조주택에서 살면 목조주택 주인
조립식주택에서 살면 조립식주택 주인
신강화학파는 자기들만 아는 방식으로 호칭한다
서울에서 왔다는 벽돌2층집 주인은 여든다섯 살
이 마을에서 부인을 치매요양원에 보냈고
인천에서 왔다는 조립식주택 주인은 일흔네 살
이 마을에서 부인과 사별했고
일산에서 왔다는 목조주택집 주인은 예순여섯 살

이 마을에서 부인이 암 투병 중이라고 이야기하는
신강화학파는 저마다 집에서
작은 새의 날갯짓을 바꿀 줄 알고
찬바람의 결을 흔들 줄 알고
마른풀의 자리를 옮길 줄 알지만
곧 그 노인들과 같은 신세로 변하리란 것도 예감한다

하루 종일 길에 나가 있어도
사람 구경할 수 없는 텅 빈 마을에서
신강화학파는 함께 만났다가 헤어질 적이면
아이들이 되어 들머리에 나가 풀싸움해 보기도 하고
청년들이 되어 산기슭에 올라 메아리를 울려 보기도 한다

깊드리 산봉우리

그 사내가 술 취해
깊드리에 처박혀 죽자
동네 뒷산에 묻은 뒤
이웃들이 속 시원해했다

게으른 그 사내가
부지런한 윗집 손윗사람에게
늙으면 일 못하도록
일찍 죽어야 한다고 부아 돋우어도
손윗사람은 그에게 덕담하곤 했다

못사는 그 사내가
잘 사는 옆집 친구에게
잘 먹으면 죽을 때 힘이 든다고 빈정거려도
친구는 그에게 끼니 대접하곤 했다

공부 못한 그 사내가

책 많이 읽는 아랫집 손아랫사람에게
머리에 든 게 많으면 일찍 죽는다고 허튼소리 해도
손아랫사람은 그에게 수인사하곤 했다

그 사내와 맞대면하지 않게 되어
속 시원해하던 이웃들이 술 취해
깊드리 조심조심 지나갈 적에
동네 뒷산 산봉우리가 더 높아 보이면
한참동안 쳐다보며 서 있곤 했다

낡은 집

자드락길가에 서 있는 낡은 집
울타리에 은행나무 심었던 노년이 팔고 떠났고
마당에 잣나무 심었던 장년이 팔고 떠났고
뒤란에 감나무 심었던 중년이 사서 비워 두었다

낡은 집 앞을 사시장철 지나다니던
이웃은 은행나무에 은행이 열리길 기다렸고
바람은 잣나무에서 잎이 떨어지길 기다렸고
까치는 감나무에 감이 달리길 기다렸다
주인이 발자국조차 남기지 않은
낡은 집 앞을 지나간 여행자들은 저마다
한마디씩 속살거리거나 투덜거리거나 중얼거렸다
울타리가 너무 적막하다,고
마당이 너무 기운이 세다,고
뒤란이 너무 멀다,고
그래서 주인이 가만 머물 수 없겠다,고

자드락길은 은행나무와 잣나무와 감나무를
가에 별도로 듬성듬성 키우고 있었는데
중년이 낡은 집을 사서 비워 둔 후론
아무데로나 왔다 갔다 하는 날이 잦았고
그런 날일수록 열매가 더 많이 맺히니
이웃도 바람도 까치도 더 많이 모여들었다

구경거리

풍물시장 귀퉁이에 고무대야 놓고 해종일 앉아
노파는 여행자들 승용차들 바라보고 있었다
산이 높아도 들로 내려가려는 나무 때문에
골짝이 낮아지기도 하는 걸
들이 넓어도 산으로 올라가려는 들길 때문에
고랑이 높아지기도 하는 걸
노파는 평생 봐왔기에
이젠 산과 들 바라보려 하지 않는 듯했다

채소 거둬 이고 나와도
값 너무 싼데 왜 고생하세요?
지인이 물으니까 노파가 대답했다
채소만 키우며 지내면 답답하지만
팔러 나오면 사람 구경하잖아!

넙성리 산과 들 사이 자드락길가 집에서
나는 텔레비전 농촌기행 프로그램 시청하면서

노파의 두 눈에서 사라진 산그늘이 봉우리로 올라가 있을지
들바람이 고랑에 멎어 있을지 궁금해 하다가
노파가 나에게 구경거리 되어 있는 사실에 놀라워하다가
후닥닥 전원 껐다
지금도 나는 승용차 운전해서 강화읍내 풍물시장에 다니고
있으니
어떤 노파에게 구경거리 되지 않겠나

신강화학파의 풍문

신강화학파라는 신현리 주민이
마을 밖 삼십 리를 나가지 않는다는 풍문이 있어
호기심으로 알아봤다
허기진 날에는
소의 걸음으로 걷거나
돼지의 걸음으로 걷거나
개의 걸음으로 걸어서
남쪽으로 가 양식거리를 마련해 온다 하는데……
쓸쓸한 날에는
토끼풀의 걸음으로 걷거나
붓꽃의 걸음으로 걷거나
패랭이의 걸음으로 걸어서
북쪽으로 가 꽃구경하고 온다 하는데……
답답한 날에는
꿀벌의 걸음으로 걷거나
무당벌레의 걸음으로 걷거나
파리의 걸음으로 걸어서

동쪽으로 가 해를 만나 종일 대화하고 온다 하는데……

허전한 날에는

탱자나무의 걸음으로 걷거나

잣나무의 걸음으로 걷거나

개두릅나무의 걸음으로 걸어서

서쪽으로 가 노을에 몸 담갔다가 온다 하는데……

그 이야기 듣고 너무나 결결한 자세로 보였고

그런 강화학파라면 그 옆 동네

넙성리 주민인 나도 속하고 싶어 따라해 봤으나

마을 밖 삼십 리 훨씬 더 나가서도

걸음을 멈추지 못하겠기에 그만 포기하였다

나무난간

거실 유리창 밖 나무난간에
아침엔 잠새가 날아와 앉아
어딘가 보다가 날아가고
점심때엔 까치가 날아와 앉아
어딘가 보다가 날아가고
저물녘엔 산비둘기가 날아와 앉아
어딘가 보다가 날아갔다
그 새들이 어딜 봤을까
다음날 내가 나무난간에 가서
어딘가 보았으나
늘 보던 산과 들과 마을뿐이기에
자세를 고쳐 새처럼 앉았다
활공비행하는 새들에게
산이 올라가 숲을 보여주고 내려오고
들이 올라가 알곡을 뿌려주고 내려오고
마을이 올라가 둥지를 내주고 내려오는 광경이 보였다
새들은 날개를 접고 오래 오래 날 수 없을까

내가 거실 안으로 들어와서 유리창 밖 내다보니

하늘엔 아무것도 없고

나무난간엔 처음 보는 새 한 마리가 날아와 앉았다

울음소리

한여름 장마철 잠시 비 그친 오후나절
시골집 거실 소파에 앉아
이 세상에서 가장 느린 운율을
어떻게 하면 구사할 수 있을지 고민하는데
갑자기 매미 울음소리가 나를 덮었다
얼굴이 덮였을 때 나뭇잎 흔들리는 소리 들었고
가슴이 덮였을 때 나뭇가지 서걱거리는 소리 들었고
다리가 덮였을 때 나무뿌리 떨리는 소리 들었으나
온몸이 덮였을 땐 땅속에서 여러 해 보내는
굼벵이의 캄캄한 침묵에 사로잡혔는데
갑자기 개구리 울음소리가 나를 덮었다
얼굴이 덮였을 때 논물이 출렁거리는 소리 들었고
가슴이 덮였을 때 논둑이 꿈틀거리는 소리 들었고
다리가 덮였을 때 논바닥이 뒤척거리는 소리 들었으나
온몸이 덮였을 땐 땅속에서 한 철 자는
겨울잠의 차가운 침묵에 사로잡혔는데
갑자기 내 목소리가 잠기었다

내가 말을 하지 않으니 사위가 고요하였다
운율은 소리 없는 상태에서 가장 느려질까
이런 생각할 때 장맛비가 다시 쏟아져
나는 빗소리에 덮여버렸다

한밤중의 신강화학파

논물 댄 날부터 저녁에
개구리들이 울어 대자
밤마다 한자리에 장시간 모여
강화에서 농사지으며 살아남는 법에 대하여
갑론을박하던 신강화학파 중에서
혹자는 저들이 울음소리로 논바닥을 넓히는 중이라고 하고
혹자는 저들이 울음소리로 논둑을 트는 중이라고 하고
혹자는 저들이 울음소리로 자신들이 논의 주인이라 우기는
중이라고 했다

신강화학파보다 더 큰 소리로
개구리들이 한밤중에 울고 있다면
제 목소리 내는 무리를 이룬 게 틀림없으니
같이 대화해 보자고 했으나
문제는 신강화학파의 말과 개구리의 말이
달라도 너무 달라서 의사소통할 수 없으므로
앞으로 한밤중엔 입 다물자는 결론을 내고 말았다

개구리들도 신강화학파 못지않게

목청을 높일 수 있고

토론을 즐길 수 있고

주장을 펼 수 있다는 걸 인정한

신강화학파는 강화에서 살아남으려면

논물을 대기 전에

작은 논뙈기를 넓게 갈 줄 알고

자기 논뙈기를 남의 논뙈기에 이을 줄 알고,

주변 논뙈기의 주인을 알아볼 줄 알아야 한다는 데

대체로 의견 일치를 보고 개구리들 울음소리를 들으며 흩어

졌다

연밥

연못 옆 지나가다가
연밥 보고 연밥 보다
새참 차린 양철 쟁반
두 손으로 잡아 머리에 이고
햇빛 내리는 들판 가로질러
사부작사부작 걸어가던
오래 전 아지매들이 보이다
연못 옆 지나가다가
연밥 보고 연밥 보다
빈 양재기 두 손으로 받쳐
머리 위로 쳐들고
그늘 진 지하도에 꿇어앉아
입 앙다물고 구걸하는
요즘 기집애들이 보이다
연못 옆 지나가다가
연밥 보고 연밥 보다
어릴 적엔 더 먹으려고

밥그릇 잡아당겼고
나이 들어선 밥그릇 앞에서
한참동안 머리 숙이는
내가 보이고 내가 보이다

초어스름

우리 집에 오는 초어스름은
은행나무 우듬지에 디디라서
어디로 갈지 망설이다가
종일 괜히 안절부절못하는 나와 마주치면
까치집으로 쏙 들어갔다가
까치에게 쫓겨난 뒤
쥐똥나무 울타리에 내려앉아
앞뜰을 바라다보다가
다른 초어스름이 밀려오니
얼른 마당 구석으로 후닥닥 옮겨 가다가
마가렛 환한 꽃들에게 붙잡혀 쩔쩔매자
풀들이 몰려와서 뒤란으로 빼내 가는데
내가 그 광경을 보는 사이
지붕 위에 맴돌던 또 다른 초어스름이
처마 끝에서 하르르 하르르 내려 퍼지니
마침내 우리 집에 밤이 오고
나는 마음 편안하였다

신강화학파와 이천편 二千篇

홍왕리 사는 사람이 나를 찾아와서
넙성리 와서 이천편시를 완성했으니
신강화학파에 들어와야 한다기에
어떻게 그걸 알았느냐고 물었다
홍왕리 사람이 넙성리 사람이 한 일을
훤히 꿰고 있어 놀라워하자
바람이 들려주어서 들었고
햇빛이 보여주어서 보았노라면서
미술 하는 자신은 판화 이천편을 완성했고
음악 하는 누구는 협주곡 이천편을 완성했고
무용 하는 또 누구는 춤 이천편을 완성했는데
모두가 신강화학파라고 자랑했다
그러니 이천편을 완성한 창작자라면
당연히 신강화학파에 들어와서
이제부턴 마음 가는 대로 손 가는 대로
작품을 완성하여 본을 보이자고 꼬드겼다
넙성리에서 이천편시를 쓰지 않고 이천 번째 시를 썼으며

그러고 나서 첫 번째 쓴 시와 이천 번째 쓴 시가 같고
일편시와 이천편시기 다르지 않은 건 보았기에
신강화학파에 들어갈 필요를 느끼지 않는다고 말했다
홍왕리 사람이 말없이 돌아간 뒤로
다시는 신강화학파를 자처하고 찾아온 사람이 없었다
앞으로 쓰는 시는 홍왕리 사람에게 전해지도록
바람에게 들려주고 햇빛에게 보여주어야겠다

외롭지 않을 수 있는 진실한 행위
— 하종오식 리얼리즘의 서정과 서사

홍승진

1. '강화학파'와 '새 강화학파'와 '신강화학파'

어리석게도 리얼리즘은 진실 속에 가장 아름다운 것이 있다고 믿는 자의 편에 선다. 리얼리즘의 편에서 보자면 아름다움은 진실로부터 해방된 자유를 향유하기보다는 해방이라는 굴레에 얽매이기도 하는 것이다. 예술의 지상 과제 가운데 하나는 아름다움이 새로움에서만 나온다는 것이다. 언제나 새로운 것은 시대이다. 한 시대에는 그 시대만의 진실이 있다. 시대를 이끄는 원동력은 서로 엉켜 살아가는 사람들의 삶이며, 시대의 진실은 사람살이에 그 핵심이 있다. 새로운 예술의 꽃은 삶의 진실이라는 양분을 마시고 피어난다.

그렇다면 진실은 왜 중요한가? 과연 진실은 진실 그 자체이므로 우리에게 진실한 것인가? 이에 대하여 조금 다르게 답하는 시인이 있다. 사람은 외롭기 때문에 진실이 필요하다. 즉 진실은 외롭지 않을 수 있는 힘을 우리에게 줄 수 있을 때에만 진실이다. 이와 같은 이야기가 하종오 시집 『신강화학파』에 담겨 있다. 자신의 외로움을 거짓의 탓으로 돌릴 자신이 있는 사람이라면 이 시집을 읽어도 좋다. 외롭지 않은 사람은 구태여 이 시집을 펼칠 까닭이 없다. 외로움에 겨워서 진실을 찾는 이들이 이 시집의 아름다움을 더불어 나눌 수 있다. 그러니 오늘날의 리얼리즘이 어떠한 문제로 인하여 사그라지고 있는지에 대한 문제는 조금 뒤에 말해도 늦지 않다. 리얼리즘의 진정한 의미는 무엇이며, 그것을 과연 되살려야만 하는 것인지에 대한 이야기는 나중으로 미루자. 이 시집은 외로운 시인 하나가 스스로를 섬에 가둔 이야기이다.

강화학파의 한 사람이라는 자는 한마디 더 하고 휴대폰을 끊었다
선생이 시인이라는 걸 최근에 알았습니다
남을 살펴보는 눈으로 자신을 들여다볼 수 있는 데라면
어디든 이주할 작정하고 있던 나는
이십여 년 만에 서울 떠나
강화로 되돌아가고 싶어 하는 나의 속내를 알아차렸다

오래 전에 머물렀던 자리에 머물러야 눈이 밝아지는 나이였
다

—「강화학파 첫인사」 부분

　서울에 20여 년 동안 살던 시인에게 어느 날 휴대전화 한
통이 걸려온다. 자신은 강화학파의 한 사람이며, 시적 주체를
강화도로 모시겠다고 한다. 시적 주체가 돌아온다면 낡아가는
시인의 옛집도 수리해주고 명소에도 안내해주겠다는 조건까
지 내건다. 그곳에 살았던 지난날에는 자신과 교류를 가지지
않았는데 어째서 이제와 연락을 하는 것인지 시적 주체는
의아해한다. 강화학파의 한 사람은 시적 주체가 시인이라는
사실을 뒤늦게 알았다는 말을 마지막으로 남기고 전화를 끊는
다. 그제야 시적 주체는 자신이 요즈음 서울의 삶을 정리하고
강화로 내려가고자 했던 이유를 이해하게 된다.
　강화학파에 소속된 사람은 시적 주체의 휴대전화 번호를
알아내어 직접 전화를 걸었으며, 또한 시적 주체의 강화도
옛집이 무너져가고 있다는 사실까지 알고 있다. 이처럼 등장인
물의 언행을 구체화하는 기법은 읽는 이로 하여금 시 속에
제시된 사실을 더욱 사실처럼 느끼게 만든다. 여기서 유념할
점은 강화도에서 걸려온 전화 내용, 그중에서도 특히 마지막
한마디가 시적 주체가 이주의 방향을 결정하는 데 영향을
미쳤다는 것이다. 시적 주체는 전화를 받기 전에도 "남을 살펴

보는 눈으로 자신을 들여다볼 수 있는 데라면 / 어디든 이주할 작정"을 하고 있었다. 이 결심에서 이주의 방향까지 정해진 것은 아니었다. 그런데 그 이주가 강화로의 회귀여야 하는 까닭은 강화학파의 한 사람이 남긴 마지막 말 한마디를 듣고 난 다음에야 깨달아진다. 그리고 그 한마디는 시적 주체로 하여금 시인이라는 자신의 정체성을 새삼 되새기게 했다. 따라서 시인으로서의 정체성 자각이 시적 주체의 강화행을 결정한 근본 동기가 된다고 할 수 있다.

우리는 막연하게 앞으로 나아갈 길을 마음속에 그려볼 때가 있다. 어디로 나아갈 것인지 잘 몰라서 우리는 곧잘 주저하고 멈칫거리게 된다. 하지만 과연 진정으로 우리는 어디로 갈지 몰라서 발걸음을 내딛지 않는 것일까? 가야 할 곳을 가리키는 나침판은 우리 안에 이미 마련되어 있는 것이 아닐까? 그 나침판이란 결국 나 자신만의 정체성이다. 나의 방향을 알려주는 것은 오로지 나의 존재일 뿐이다. 내가 누구인지를 돌이켜보는 행위 속에서 나는 어디로 갈지에 대한 해답을 얻을 수 있다.

그렇기 때문에 나 자신이 어떠한 사람인지를 일러주는 누군가의 말 한마디가 나에게 깊은 의미로 다가올 수 있는 것이다. 강화에서 걸려온 전화의 마지막 말을 듣고 시적 주체가 자신의 속내를 비로소 짐작하게 된 까닭이 여기에 있다. 이때 그 전화 속 목소리는 시적 주체의 목소리와 구별되지 않는다. 위 작품 앞부분에서 가상 인물(강화학파의 한 사람)에게 사실감을 덧입

했던 구체화 기법은 이 지점에서 통째로 뒤집힌다. 가상 인물이 실제의 인물처럼 구체화될수록, 그 인물과 시적 주체가 서로 겹치고 뒤섞일 때 효과는 더욱 증폭되는 것이다. 위 작품은 특별할 것도 없는 서사와 지극히 평범해 보이는 문장들만을 가지고 이와 같이 비범한 시적 기법을 구사하였다.

앞에서 언급한 시인이라는 정체성은 "남을 살펴보는 눈으로 자신을 들여다"보는 행위와 밀접한 관련이 있다. 위 작품의 형식상 뛰어난 점은 강화학파의 한 사람에게서 전화를 받고 나서 시적 주체가 자신이 시인이었음을 자각하게 되는 구조를 "남을 살펴보는 눈으로 자신을 들여다"보려는 결심과 교묘하게 대응시킨다는 데 있다. 그것은 "눈이 밝아"지는 일이다. 시적 주체는 "눈이 밝아"지기 위하여 "오래 전에 머물렀던 자리에 머"물러야 한다고 생각한다. 오래 전에 살았던 곳을 찾아가보면 익숙했던 구석들도 낯설게 느껴지기 마련이다. 그곳을 떠나 있는 동안 남을 살펴볼 줄 알게 되며, 다시 돌아올 때에는 남을 살펴보는 눈으로 그곳을 낯설게 볼 수 있다. 따라서 강화행은 자신을 객관화하여 들여다보고자 하는 의지의 산물이다. 그렇게 들여다본 자신의 내면에서는 어떠한 목소리가 울려나오는가?

자신은 강화학파의 마지막 문장가인데
오늘날까지 강화학파가 이어지지 못한 이유는

현대 시인을 영입하지 않은 데 있으며

내가 가담해 준다면 영광이겠다는 것이었다

이제야 나에게도 문운이 트이는가 싶어

내심 반색했으나 담담하게 거절했다

내가 강화도에 이주한 것을

자발적 유폐라고 규정하는 처지에

—「강화학파의 새 일파」 부분

　강화도에 내려간 시적 주체에게 강화학파의 마지막 문장가 이건창이 찾아온다. 이건창은 시적 주체를 강화학파의 새 일원으로 영입하고자 한다. 이건창은 무려 조선 시대에 강화에 살았던 사람이다. 오래된 과거와 현재를 교차시키는 시적 기교는 자신을 성찰하는 행위에 커다란 폭과 깊이를 부여한다. 이를 통하여 강화도라는 공간적 배경은 단순히 자기 유폐의 공간에만 그치지 않고, 자신을 둘러싼 현실 전체를 검토할 수 있는 망원경의 위치로 상징화된다. 이와 같이 시간과 공간을 가로지르는 하종오의 상상력은 한국 리얼리즘 시사詩史의 성취를 더 풍요롭게 한다.

　이건창의 제안에 시적 주체는 자신의 문운이 드디어 트이려는가 하는 생각에 속으로 매우 반가워한다. 시적 주체는 오래 시를 써오는 동안 문단이나 독자에게 인정받지 못하고 외면당했다는 사실을 여기서 알 수 있다. 또한 인정받고 싶다는 욕망이 아직도 사그라지지 않은 채 남아 있는 그의 내면이 엿보이기도 한다. 자기 자신을 객관적으로 들여다보았을 때 가장 먼저 마주친 것은 명성의 유혹이다. 이러한 유혹을 느끼면서도 거기에 손쉽게 휘말려들지 않으려는 시적 주체의 감정이 얼마나 미묘하게 포착되어 있는지 보라. 그렇다면 시적 주체는 도대체 무슨 이유로 달콤한 권유와 거리를 유지하고자 하는가?

이규보는 846세, 이건창은 162세,
나는 겨우 60살인 올해, 텃밭을 가는 봄날에
두 대시인이 내 시를 잘 읽고 있다면서
남한 시인들 모조리 자기 자신을 응시하고
북한 시인들 모조리 권력자를 칭송하는
민망한 시절에 함께 강화에서 살게 된 것이
의미심장한 상징으로 보이더란다
(…)
내가 대시인의 반열에 오를 수 있는 기회가
다신 오지 않으리라 싶어 승낙하려다가
새 강화학파가 무엇이며 왜 필요한지 이해 안 되고
성향이 좀 다른 이규보와 이건창과 지연으로 얽혀
파를 이룬다는 건 더구나 체질에 맞지 않았다
망년우로만 지내기를 원했던 그날
　　　　　　　　　　—「새 강화학파 또는 망년우」 부분

하종오의 시적 상상력은 조선시대 인물로도 모자라 고려시대 인물까지 불러들일 정도로 끝없이 확장되는 특성을 보여준다. 문학사적으로도 자신보다 훨씬 더 높은 평가를 받았으며 물리적인 시간으로도 자신보다 훨씬 더 오래 살아온 두 선배 시인 앞에, 제대로 된 평가도 받지 못하였으며 이제 고작 예순이 된 시적 주체가 앉아 있는 상황을 그려보라. 게다가 자신들의 문학 모임에 가입해달라는 부탁까지 받는 상황은 얼마나 부담되고 어렵겠는가. 마침 시적 주체는 "대시인의 반열에 오를 수 있는 기회"를 바라지 않는 것만도 아니었다. 이러한 상황 설정을 통해 이 작품은 긴장감을 한층 더 팽팽하게 고조시킨다.

그런데 두 명의 대시인이 한반도 시단을 평가하는 대목이 범상치 않다. 남한의 시인들은 자신의 내면이라는 좁은 진실에 침잠하느라 현실과 그 속에서 살아가는 사람들의 면면에 등을 돌린 실정이다. 반면에 북한의 시인들은 폭압이 두려워서 권력자를 칭송할 뿐 자유를 찾으려 하지 않는다. 진정한 리얼리즘의 관점에서 볼 때, 시인의 생명은 진실에의 자유이며 자유에의 진실이다. 남북한 시인들 모두 시인으로서의 생명을 잃어버렸기에 현재는 "민망한 시절"일 수밖에 없다. 이것이 시적 주체가 대시인들과 함께 새 강화학파를 만드는 데 동의하지 않으면서도 망년우로 지내는 것은 싫어하지 않는 이유이다. 현재의 시단에 대한 이와 같은 평가는 하종오의 이전 시집들에서도 여러 번 표출된 바가 있다.

정확하다면 정확하다고 할 수 있는 관점을 가진 대시인들과 함께 새로운 시인의 모임을 꾸려보는 것에 대하여 시적 주체는 거부의 입장을 표명한다. 대시인들은 시적 주체와 같은 젊은 시인을 영입하여 기존 강화학파의 명맥을 잇고자 한다. 이와 달리 시적 주체가 보기에 비록 현재 시단을 비판하는 강화학파의 관점이 옳다고 할지라도, 그 학파의 성격과 목적은 불분명하다. 게다가 성향도 서로 맞지 않는 이들이 지연(地緣)만을 가지고 모임을 만든다는 행위는 현재 남북한 시인들의 병폐와 크게 다르지 않다. 학파의 본질이 바뀌지 않는다면 새 강화학파는 강화학파의 다른 이름일 뿐인 것이다. 새 강화학파를 만들려는 고려와 조선의 강화학파 인물들은 결국 청산되지 않은 낡은 과거의 잔재를 상징한다.

『신강화학파』에서 하종오는 인물 군상의 유형을 크게 '강화학파', '새 강화학파', '신강화학파', 이렇게 세 가지로 나누어놓았다. '강화학파'는 주로 대시인들과 같이 지식인이나 예술가 행세를 하는 엘리트들로서, 아직도 구태의연한 사고를 버리지 못한 채 현실 속의 진실을 체화하지 못한 이들로 구성된다. '새 강화학파'는 '강화학파'에서 이름만 바꾼 것이다. 결국 이 시집 전체를 관통하는 서사는 '강화학파'와 '새 강화학파'의 유혹을 단호하게 거절하고, 나아가 '신강화학파'와의 황홀한 마주침을 겪게 되는 것이다.

동막리 산다는 사람은 삼백두 살 농부라 했고

외포리 산다는 사람은 이백다섯 살 기술자라 했고

국화리 산다는 사람은 백열세 살 막일꾼이라 했다

(…)

강화 구석구석을 돌아다니며 공부한다는

비주류를 초청하여 강연도 듣고 토론도 해봤지만

강화의 문제점을 해석하고 해결하는 능력은 있어도

강화의 햇빛과 바람에 대해서는 알지 못하더라고 했다

나는 아무래도 비주류보다는 주류에 가깝다는 생각을 하면
서

—「자칭 신강화학파」 부분

새 강화학파를 만들자는 강화학파의 요청으로부터 거리를
두기로 결단한 시적 주체에게, 어느 날 신강화학파를 자칭하는
이들이 찾아온다. 이규보와 이건창 같은 강화학파 구성원들이
그러했듯이 신강화학파 사람들도 302세, 205세, 113세로서
물리적인 사실로는 설명할 수 없는 연령대로 설정된다. 이
점에서 신강화학파는 강화학파와 마찬가지로 과거에서 현재
로 이어져 내려오는 흐름을 보여준다. 하지만 그 흐름의 내용이
전혀 다르다. 강화학파의 구성원들은 '대시인들'과 같은 엘리
트이다. 또한 그들은 모두 시를 써서 이름을 남기는 데 관심이

있을 뿐, 도대체 무엇을 위하여 시를 쓸지에 대해서는 별다른 고민을 보여주지 않는다. 위 시에서 "사오십 대 문인과 화가와 가수와 / 인문학자와 활동가" 역시 강화의 문제에 대하여 피상적인 의견만을 가지고 있을 뿐, "강화의 햇빛과 바람에 대해서는 알지 못"하는 엘리트들이라는 점에서 강화학파의 성격과 크게 다르지 않다. 반면에 신강화학파 구성원들은 농부, 기술자, 막일꾼으로서 엘리트 행세와는 거리가 멀 뿐만 아니라 누구보다도 "강화의 햇빛과 바람에 대해서" 잘 알고 있다.

이를 아는 이들이 진정한 주류이며, 이를 모르는 채 공허하게 입만 놀리는 이들이 비주류라는 것이 이 시의 통렬한 역설이다. 왜냐하면 주류와 비주류를 가르는 기준은 무엇이 더 진실에 맞닿아 있는가 하는 문제일 뿐, 피상적인 명성이나 학식 따위가 될 수 없기 때문이다. 위 작품의 역설은 얼마나 통렬한 것인가. 그러므로 대시인의 반열에 오르는 방식으로 주류가 되는 것이 거짓임을 깨달은 시적 주체는 참된 주류의 방식에 편입되고자 한다.

강화에서 내가 시작詩作보다 더 관심을 가지는 게 있으니
집집마다 뛰어난 농사꾼이었던 노부부들 중
한 사람은 죽고 한 사람만 남아 농사일하는 모습인데
(…)
강화학파 문인과 신강화학파 문인이 똑같은 덕담을 했다

그런 시편은 아무리 많이 발표해도 문명^{文名}을 날릴 수 없소만
강화에서 외롭지 않을 수 있는 진실한 행위이기는 하오
경향 각지에서 리얼리즘 배신이 대세라는 시절엔 말이오
　　　　　　　— 「강화학파와 신강화학파의 덕담」 부분

지금까지 살펴본 굵직한 줄거리에 따라 『신강화학파』의
서사를 정리해보면 다음과 같다. 시적 주체가 자신의 내면을
객관적으로 들여다보았을 때 처음 발견한 것은 아직도 남아
있던 "문명^{文名}"에의 집착이었다. 리얼리즘은 시나브로 사라질
것이라거나 이제 끝나버렸다고 손쉽게 진단을 내리는 경우
("리얼리즘 배신") 역시 이러한 집착에서 나온 것이다. 그러나
그것은 현실의 진실을 파악하는 진정한 시인의 생명과는 괴리
된 것인 이상 어디까지나 허명^{虛名}에 불과하다. 그렇기 때문에
그것은 시적 주체의 외로움을 올바로 채워주는 길이 아니다.
이때 등장한 신강화학파는 현실의 문제에 피상적으로만 접근
하는 것이 아니라 현실 그 자체를 자신의 삶으로 살아내는
방법을 시적 주체에게 보여준다. 그리고 이것이야말로 허위적
인 주류가 아니라 진정으로 진실에 가까운 주류가 되는 법이다.
이를 받아들이고자 하는 시적 주체에게 있어서 시를 쓰는
행위보다 더 큰 관심은 농사꾼 노부부 중에서 한 사람은 죽고
한 사람만 남아서 농사를 이어나가는 모습이다. "햇빛과 바람
을 속속들이 형상화할 수 있을 때까지"(「자칭 신강화학파」)

강화를 논할 수는 없는 것처럼, 특별해 보이지 않는 사람들의 살아가는 모습을 깊이 파고든 뒤에야 진정한 의미의 리얼리즘은 가능하기 때문이다. 이름을 남기려는 욕망으로부터 거리를 두는 길은 외로울지도 모른다. 그러나 그 욕망이 오히려 우리를 외로움 속으로 밀어 넣는 것이라고 거꾸로 생각해볼 수도 있다. 이처럼 기존의 통념을 뒤집는 힘이야말로 시가 우리 삶에 필요한 여러 이유들 가운데 하나이다. 통념의 반대편에 가려진 진실이 자리하고 있을지도 모르는 일 아니겠는가. 그러므로 "외롭지 않을 수 있는 진실한 행위"라는 구절은 여러 겹의 의미로 읽힐 수 있다. "외롭지 않을 수 있는"과 "진실한"이라는 두 수식어의 관계를 동시적인 것으로 해석한다면, 이 구절은 '비록 거짓의 주류를 좇지 않아서 외롭더라도 진실에의 의지를 저버리지 않는 한 시인은 그 외로움마저도 견딜 수 있다'는 뜻이 된다. 또는 두 수식어의 관계를 인과적인 것으로 독해한다면, 이 구절은 '진실을 추구함으로써 외로움을 극복할 수 있다'는 뜻이 된다. 두 가지의 해석은 결코 양립 불가능한 것이 아니다.

2. 서로서로 넘나들며 우러르는 일

신강화학파를 꾸린다는 것은 대체 어떠한 성격을 가지는

것이기에 시적 주체에게 있어서 "외롭지 않을 수 있는 진실한 행위"로 받아들여지는 것인가? 그것은 첫째로 '맞바꾸기'이며 '바라보기'이며 '되기'이다. 이러한 세 행위가 모두 잘 어우러져 나타나는 작품이 본격적인 신강화학파 시편의 서두에 놓이는 「신강화학파新江華學派」이다.

> 그들은 서로 들풀과 바람과 햇빛을 맞바꾸고
> 들풀과 바람과 햇빛은 번갈아 그들을 맞바꾸는 걸
> 나는 보면서 무언가 더 보았다
> 내가 그들이 되어 여러 눈으로 나를 바라보았고
> 그들이 내가 되어 한 눈으로 그들을 바라보았다
> (…)
> 그때 나는 그리 따라하면서 다른 내가 되었다
> ──「신강화학파新江華學派」 부분

'맞바꾸기'는 서로의 평등을 전제할 때만 가능한 행위이다. 불평등한 관계에서 '맞바꾸기'는 성립할 수 없다. 거기에는 오로지 빼앗기와 빼앗기기만 있을 뿐이다. 또한 '맞바꾸기'는 그 과정이 스스럼없이 자연스러운 것이다. 아무리 상호 평등의 관계라 하더라도 '맞바꾸기'의 과정에서 거부감이나 허물이 일어난다면, 그 역시 '맞바꾸기'라고 불릴 수 없을 것이다. "들풀과 바람과 햇빛"이라는 시의 소재는 '맞바꾸기'의 두

가지 조건에 더할 나위 없이 알맞게 선택된 것이다. 왜냐하면 이러한 자연물들에게는 상하나 귀천과 같은 위계 서열의 구분이 없기 때문이다. 또한 이것들은 어떠한 부자연스러움도 가지지 않는 자연 그 자체를 자신의 본성으로 삼는다.

하종오는 모든 인간의 본성 역시도 이와 마찬가지일 것이라고 고집스럽게 믿는 시인이다. 이 시에 등장하는 인물들의 이름을 '박', '김', '이' 등의 흔하디흔한 성씨로만 부르는 것은, 모든 사람들이 품고 있는 마음의 바탕이 이름 없는 자연물들과 동일할 것이라는 시인의 신념을 드러내는 미학적 장치이다. 인간의 본성이 자연의 본성과 같다는 조건 위에서 사람들은 자유로이 "서로 들풀과 바람과 햇빛을 맞바"꿀 수 있으며, 거꾸로 "들풀과 바람과 햇빛은 번갈아 그들을 맞바"꿀 수 있는 것이다. 자연을 매개로 한 사람들 사이의 '맞바꾸기' 형식은 다음과 같은 아름다운 표현도 아무렇지도 않게 시편 곳곳에 부려놓는다.

이렇게 사는 그들을 신강화학파로 알고
이웃들이 존경의 눈으로 쳐다보면
각각 높은 허공과 너른 땅과 푸른 녹음을
가슴에서 꺼내 보여주곤 이내 도로 넣는다
—「신강화학파의 아침나절」부분

그렇다 하더라도 '맞바꾸기'를 가능케 하는 서정을 우리 모두에게 획일적 시선을 강요한다는 의미로 비판할 수는 없다. 모든 대상을 획일적 논리로 환원하는 서정적 주체에 대하여 2000년대 들어서 많은 비판이 쏟아졌다. 그러나 하종오 시는 그처럼 폭력적인 관습과 거리가 멀다. "각각 높은 허공과 너른 땅과 푸른 녹음을 / 가슴에서 꺼내 보여주곤 이내 도로 넣는다"와 같은 구절을 보라. 여기서 사람들은 저마다의 "높은 허공과 너른 땅과 푸른 녹음"을 총체적으로 통일시키지 않는다. "가슴에서 꺼내 보여주곤 이내 도로 넣는다"는 것은 다양성이 훼손되지 않고 공존하면서도 서로 조화를 이루는 화이부동^{和而不同}의 행위이다. "이렇게 사는 그들을 신강화학파로 알고 / 이웃들이 존경의 눈으로 쳐다보"는 이유도 여기에 있다. '맞바꾸기'를 통하여 우리는 서로를 우러를 수 있는 것이다.

다시 「신강화학파^{新工華學派}」에서 인용한 구절로 돌아가 보자. '맞바꾸기'의 논리는 대구^{對句} 형식이 가지는 경쾌한 시적 리듬을 타고 곧장 '바라보기'의 태도로 뻗어나간다. '바라보기'는 남들을 바라보는 눈으로 자신을 보는 것이며, 남들이 보는 눈으로 자신이 볼 줄 아는 것이다. 이러한 '바라보기'는 소통이 단절된 오늘날의 우리에게, 분리된 개인의 시선으로는 전혀 볼 수 없었던 풍경 바깥을 보여준다.

　　만약 나에게 풍경 바깥이 보인다면

승용차와 송전탑과 전원주택

그곳으로 당장 옮겨놓고 싶을지도 모르는 해질녘,

저마다 다른 길 돌아다닌

신강화학파가 집으로 돌아가면서

비로소 한 방향 바라보고

나도 집으로 돌아오면서 같은 방향 바라보면

강화 구석구석 농사일 마친다

—「해질녘의 신강화학파」 부분

　얼핏 보면 이 작품은 시적 주체를 포함한 강화도 사람들이 해질녘에 저마다 다른 길을 돌아다니다가 같은 방향을 바라보며 돌아온다는 단순한 서사를 경제적으로 표현해놓은 것처럼 보인다. 이렇게 일면적으로만 보면 이 시가 도대체 어떠한 의미를 가지고 있으며 왜 쓰였는지를 알기 어렵다. 가장 쉬워 보이는 시편이 오히려 읽기 가장 힘든 경우가 있는데, 위 시가 그러한 사례이다. 특히 "풍경 바깥"이라는, 일상적 용법을 갖지 않는 시인의 조어造語가 독자의 해석을 더욱 힘들게 한다.

　"풍경 바깥"과 대비되는 시어인 "풍경"이 어떠한 의미를 상징하는지 살펴보는 데서부터 시 해독의 실마리를 찾아야 할 것이다. 시적 주체가 해질녘에 집을 나서서 바라보는 "풍경"은 "승용차와 송전탑과 전원주택"이다. 이것들은 다 "전국 어디서나 다를 바 없"기 때문에 풍경이라 할 수 있다. ('풍경'의 발견이 '원근법'의 발명과 긴밀한 관련을 갖는다는 사실을 여기서 굳이 언급하지 않아도 될 것이다.) 이에 비하여 "신강화학파는 풍경 바깥도 볼 수 있다"고 한다. 그 이유는 그들이 "누그러지는 햇볕에 싸"여 있기 때문이다. 햇볕과 햇빛을 구분하고 있는 시인의 감각은 무척이나 섬세하다. 햇빛이 시각의 대상인 빛이라면, 햇볕은 촉각의 대상인 온기이다. 빛은 사물을 구별하지만, 온기는 사물을 감싸 안는다.

얼굴의 눈이 아니라 몸의 눈으로 바라보기에 신강화학파는 풍경의 바깥을 볼 수 있는 것이다. 그리하여 시적 주체도 신강화학파처럼 풍경 바깥을 볼 수 있다면 "승용차와 송전탑과 전원주택"을 해질녘 속에서 바라보고 싶다고 한다. 이러한 의미가 시의 말미에 가서 형상화되는 방식은 지극히 아름답다. 다른 길을 돌아다니던 사람들이 집으로 돌아오면서 같은 방향을 바라보게 되는 일은 그 자체로 아무 의미를 갖지 못한다. 그러나 해질녘의 '바라보기'라는 맥락 속에 배치될 때, 그 일은 온기가 사물을 감싸는 것처럼 저마다의 시선이 따스하게 어우러지는 순간으로 형상화됨으로써 작품의 핵심적인 의미를 강렬하게 상징한다.

'맞바꾸기'와 '바라보기'는 궁극적으로 어떠한 진실을 보여주는가? 그 진실은 「신강화학파」의 마지막 행에서 나타나듯 나 자신이 다른 내가 될 수 있다는 것이다. 이를 우리는 '되기'라고 이름 붙이도록 하자. 우리가 현실과 불화할 수밖에 없는 이유는 내가 지금의 나인 상태로 머물러 있기 때문이다. 더 정확히 말하자면 우리에게는 다른 우리가 되고 싶은 바람이 끊임없이 마음 깊은 곳에서부터 솟아오르기 때문에, 우리는 현실과 불화하고 있는 것이다. 그러나 우리는 대부분 다른 내가 되고자 하는 마음속의 요청을 외면하면서 일상의 삶을 살아간다. 단 한 번이라도 '되기'의 진실에 귀 기울여본 적 있는 자는 하종오의 시편에서 어떻게 묘사되는지를 보라.

> 신강화학파는 저마다 집에서
> 작은 새의 날갯짓을 바꿀 줄 알고
> 찬바람의 결을 흔들 줄 알고
> 마른풀의 자리를 옮길 줄 알지만
> 곧 그 노인들과 같은 신세로 변하리란 것도 예감한다
>
> 하루 종일 길에 나가 있어도
> 사람 구경할 수 없는 텅 빈 마을에서
> 신강화학파는 함께 만났다가 헤어질 적이면
> 아이들이 되어 들머리에 나가 풀싸움해 보기도 하고
> 청년들이 되어 산기슭에 올라 메아리를 울려 보기도 한다
> ─「신강화학파의 마을」 부분

인용한 시에서도 '맞바꾸기'와 '되기'가 맞물려서 움직이는

157

하종오 시의 창작 방법론이 잘 나타나 있다. 신강화학파 사람들이 "새의 날갯짓"과 "찬바람의 결"과 "마른풀의 자리"를 맞바꾸는 행위는 곧 그들이 "노인들과 같은 신세"로 되리라는 예감과 결부되어 있다. 그런데 '맞바꾸기'의 행위가 각자 떨어져 있는 집에서도 가능하다는 점이 이 대목을 더 한층 시적이게끔 한다. 우리는 물리적인 공간의 차원에서는 비록 떨어져 있다 해도 진실의 차원에서는 떨어져 있지 않다. 해가 떠 있는 동안 서로의 곁에 꼭 붙어 있다가 해가 진 뒤 헤어져 저마다의 집으로 돌아가는 연인을 떠올려보자. 밤새 각자 떨어져 있다 해서 그들은 과연 떨어져 있는 것인가? 전화와 전화 사이를 오가느라 별빛 사이에 퍼지는 전파로 그들은 이어져 있을 것이다. 비단 연인의 관계에서뿐이랴. 모든 인간은 죽음 앞에서 이어져 있다. 먼저 죽어버렸거나 죽어가는 이를 향하여 우리의 공감이 발생하는 이유는, 우리도 머지않아 그렇게 될 것임을 알고 있기 때문이다.

전화를 끊고 나서도 그들의 가슴에는 상대의 마음 씀씀이가 고스란히 남아 있을 것이다. 위 작품에 등장하는 인물들은 모두 부인을 먼 곳에 떠나보낸 신세이다. "벽돌2층집 주인"은 "부인을 치매요양원에 보냈고", "조립식주택 주인"은 "부인과 사별했고", "목조주택 주인"은 "부인이 암 투병 중"이다. 허나 그 주인들은 "곧 그 노인들과 같은 신세로 변하리란 것도 예감"한다. 이 예감에는 부인에 대한 등장인물들의 애정이

은연중에 뚝뚝 묻어나기도 하며 죽음으로 향하는 인간의 운명에 대한 쓸쓸함이 배어나오기도 한다. 이러한 예감 속에서 그들은 공간의 차원에서 떨어져 있는 부인과 진실의 차원에서 이어져 있다. 인간은 물리적으로 외로울 수는 있어도 진실로 외로울 수는 없다. 이러한 인간의 진실이 신강화학파 노부부에게만 국한되지 않고 그 다음 연에 가서 시적 주체에게까지 전이되는 것은 하종오 시 세계가 획득한 눈부신 인식의 확장이다. 거기서 시적 주체는 "텅 빈 마을"에서마저 "아이들"도 될 수 있으며 "청년들"도 될 수 있다.

> 농사일로 여기는 신강화학파라면
> 잡초를 매지 않아도 눈총 주지 않고
> 웃자란 나물을 솎지 않아도 나무라지 않고
> 벌레를 잡아 죽이지 않더라도 트집 잡지 않을 테니
> 그까짓 나도 끼어볼 수 있지 않을까 싶었다
> 어딜 가면 신강화학파를 만날 수 있는지 물어보려고
> 추수철까지 길손을 기다렸으나 오지 않았다
> ─「신강화학파의 할 일」 부분

'맞바꾸기', '바라보기', '되기'를 보다 구체적인 삶 속의 실천으로 형상화한 작품이 위에 인용한 작품이다. 농사를 늦게 시작한 시적 주체에게 어느 날 길손이 찾아와 말을 건넨다.

길손은 시적 주체가 "농기계를 사용하지 않고 / 화학비료를 주지 않"으므로 신강화학파라 할 수 있다고 평가한다. 그 말 한마디에서 시적 주체는 신강화학파의 속성을 파악하고, 그것이 자신의 지향점과 상당히 맞아떨어진다는 것을 확인한다. 그가 파악한 신강화학파의 속성은 "잡초를 매지 않아도", "웃자란 나물을 솎지 않아도", "벌레를 잡아 죽이지 않더라도" 비판하지 않는 것이다. 이에 감동한 시적 주체는 자신도 신강화학파에 동참해볼까 하는 마음을 먹게 된다. 그리고 자신이 "신강화학파에 속하게 되면 / 꼭 해야 할 일"은 "새에게 씨앗을 쪼아 먹도록 놔두는 일 / 고라니가 밭이랑을 뭉개도 욕하지 않는 일 / 일 못하는 자를 이웃되게 허락하는 일"이라고 헤아려 본다.

　이 부분에 얼마나 깊은 사유가 녹아 있는지를 감지하려면 문장의 형식을 주의 깊게 살펴보아야 한다. 『논어』「위령공」편에서 공자는 "내가 하고자 하지 않는 바를 남에게 베풀지 말라己所不欲 勿施於人"고 하였다. 이는 칸트가 『실천이성비판』에서 "네 의지의 격률이 언제나 동시에 보편적 입법의 원리가 될 수 있도록 행위하라"고 했던 것과는 정반대의 문장 형식을 취한다. 왜냐하면 공자의 말은 부정문인 반면에, 칸트의 말은 긍정문이기 때문이다. 「신강화학파의 할 일」에서 명백히 드러나듯 하종오의 시적 윤리는 '~해야 한다'는 긍정의 명령문이 아니라 '~하지 않는다'는 부정문의 형식을 취한다. 그것은 인위적인 행위를 강제하는 것이 아니라 자유를 최대한 보장하되 하지 않았으면 하는 최소한의 행위를 찾아내는 것이다.

"새에게 씨앗을 쪼아 먹도록 놔두는 일"은 자신이 조금이라도 더 많이 소유하기 위하여 남의 것까지 빼앗지 않고 오히려 남에게 베푸는 일을 뜻한다. "고라니가 밭이랑을 뭉개도 욕하지 않는 일"은 자기 소유를 지키기 위하여 구획된 경계를 고집하지 않고 타인의 자유를 너그러이 받아들이는 일이다. "일 못하는 자를 이웃되게 허락하는 일"은 능력의 차이로 인한 사람의 차별을 중지하고 모든 타인들에게 이웃의 자리를 내어주는 일이다. 이것이 '맞바꾸기'와 '바라보기'와 '되기'라는 하종오 시편의 주요한 문법이 구체적 삶의 실천 속에서 함의하는 바이다. 그리고 이것이 신강화학파의 할 일이다.

'새 강화학파'를 꾸리자는 '강화학파'의 제안으로부터 벗어나 '신강화학파'와 마주치게 된 이후의 서사를 지금까지 살펴보았다. 「신강화학파新江華學派」라는 작품은 처음 신강화학파의 존재를 인식하게 되는 장면을 그린 것이며, 신강화학파 시편의 총론에 해당하는 것이다. 그런 다음 시적 주체는 신강화학파에 자신의 지향점이 들어 있다는 것을 알아차린다(「신강화학파의 할 일」). 신강화학파에게 보다 가까이 다가가 그들과 교류하면서 시적 주체는 신강화학파의 속성을 더욱 깊이 알게 된다. 그 속성은 서로의 자연적인 본성을 '맞바꾸기'도 하고(「신강화학파의 아침나절」), 남이 나의 시선으로 남들을 바라보거나 내가 남의 시선으로 나를 '바라보기'도 하며(「해질녘의 신강화학파」), 그리하여 우리가 다른 우리로 '되기'도 하는 것이다. 이것이 시집 『신강화학파』의 서사에 담긴 서정의 원리이다. 하종오는 이러한 서사와 서정을 틀로 삼아서 현실의 여러 문제들을 다각적으로 고찰해나간다.

3. 아래로부터 드넓어지는 관계

하종오식 리얼리즘에서 형식과 의미는 별개가 아니며 창작 원리와 윤리 의식은 하나로 맞붙어 있다. 강화학파 및 새 강화학파와 구별되는 것으로서 진실한 행위와 바른 공동체의 모습으로 상정되는 신강화학파의 주체들만 보더라도 그 점을 그리 어렵지 않게 알아볼 수가 있다. 강화학파가 지식인이나 예술가와 같은 직업을 가진 사람들이라면, 신강화학파라고 자칭하거나 그렇게 불리는 사람들은 온몸으로 현실에 부딪치면서 땀 흘려 일하는 자들이다. 아래로부터의 인물들이 하종오식 리얼리즘의 시적 서사 속에서 중요하게 세워지는 것처럼, 아래로부터의 관점은 하종오식 리얼리즘이 현실의 문제들을 바라보는 최우선의 자세이다. 그리고 그 태도를 견지하기에 하종오식 리얼리즘은 현실의 문제들을 외면하지 않는다. 왜냐하면 현실 문제의 가장 큰 고통은 아래로부터 발견되기 때문이다.

'아래로부터'라는 하종오식 리얼리즘의 구호(창작 원리와 윤리 의식 양면에서)는 하종오 시 세계의 방대함을 낳는다. 이것이 질적으로도 태작을 쉽게 허락하지 않으면서 양적으로도 엄청난 작품을 창출할 수 있는 원동력이다. 어떤 이는 하종오의 시편에 대하여 그 속에 들어 있는 원리와 작품성을 고려하지 않은 채, 그 소재와 작품양만으로 지레짐작하여 엇비슷한 내용을 반성 없이 반복한다고 비난할지 모른다. 하지만 그 비판은 하종오식 리얼리즘의 내적 특성을 전혀 보지 못하고 그 외면만 훑어본 탓이다. 시에서 소재가 중요하지 않다는 생각은 한낱 오류에 불과하다. 하종오식 리얼리즘에 있어서 아래로부터의 진실을 내포하는 모든 소재는 다루어질 수 있는 것이며 다루어져야만 하는 것이다. 시에서 의미의 과잉을 피해야 한다는 주장은 근거의 결핍으로 귀결될 뿐이다. 하종오식 리얼리즘의 시편들은 아래로부터의 자세를 꿋꿋이 지키는 한 특정한 이데올로기로 환원되는 법 없이 변화하는 현실에 따라 무한한 의미를 생성한다. 시에서 이해되기 쉽게 쓰는 것이 형식상의 새로움을 방해한다는 이론은 단지 편견에 지나지 않는다. 하종오식 리얼리즘이 취하는 아래로부터의 문법은 누구나 이해할 수 있지만 잘 드러나지 않는 현실의 진실을 통찰하기 때문에, 엘리트들만이 향유할 수 있는 난해한 형식이 아니라 간결하면서도 유일무이한 하종오 시만의 형식을 찾아낸다. 가령 이러한 특성은 분단의 문제를 대할 때,

꿀벌 치는 강화주민들이 분봉해서
당국을 통해 개풍주민들에게 무상으로 분양한 다음
강화의 최북단 산자락에, 개풍의 최남단 산자락에
각각 벌통을 놓게 하면 계절에 따라 강화와 개풍에
같은 꽃이 피어나는지 다른 꽃이 피어나는지
꿀맛으로 알 수 있지 않겠시꺄
그거 먼저 아는 게 중요치 않겠시꺄

— 「신강화학파의 꿈」 부분

위와 같은 작품을 산출해낸다. 『남북주민보고서』, 『남북상
징어사전』, 『신북한학』 등 남북 분단 상황을 다룬 하종오의
시편은 '탈분단문학'이라는 용어로 명명되었다. 탈분단문학의
개념을 제대로 이해하려면 장성규의 논의를 참조해야만 한다.
그에 따르면 탈분단문학은 70년대 민족문학 담론이 제출한
'통일문학'의 개념을 비판하는 데에서부터 출발한다. 그는 통
일문학이 남한 사회를 일방적으로 제국의 피해자로만 인식한
다는 점을 비판한다. 왜냐하면 오늘날 남한 사회는 더 이상
"제국의 일방적인 수탈대상인 식민지"가 아니며 오히려 "중심
부 제국을 대행하여 주변부 인민을 착취하는 반주변부"가
되었기 때문이다. 또한 장성규는 '통일문학'이 '통일은 곧 선'이
라는 당위적 구호와 민족이라는 추상적 가치에 매달리고 있다

164

고 비판한다. 그러한 태도는 남북한 권력에 의하여 핍박받고 있는 인민의 삶과, 분단 체제 속에서 적대적 공생관계를 이루고 있는 남북한 권력 사이의 차이를 은폐하게 된다는 점에서 심각한 문제를 발생시키기 때문이다(「통일문학을 넘어 탈분단 문학으로」, 『실천문학』 2010년 여름호, 56~57쪽).

통일문학의 이러한 한계들은 모두 "민족-국가라는 대문자 주체를 넘어서는 새로운 문제 설정을 도입"하지 못한 데에서 비롯한 것이다. 그러므로 탈분단문학은 "통일문학의 규범으로 환원되지 않는 남북한 인민들의 삶을 다루"는 것이다. 이때 "중요한 것은 민족이나 통일 등의 추상적 심급이 아니라 남북의 지배 이데올로기로 동시에 기능하고 있는 분단체제가 구체적 인 개체로서의 인민들의 삶을 어떻게 억압하고 있는가에 대한 탐색이다."(같은 글, 64~65쪽) 쉽게 말해서 남북한 권력의 지배 이데올로기에 오염되어 있는 민족이나 통일 따위의 구호 를 외칠 것이 아니라, 권력과 인민을 구분하여 권력에 의해 억압받는 인민의 삶을 포착해야 한다는 주장이 탈분단문학의 입장인 것이다. 탈분단문학은 추상적이고 당위적인 이념에서 삶으로 내려오는 것이 아니라, 구체적이고 현실적인 삶에서 모든 문제를 바라보려 한다는 점에서 하종오식 리얼리즘의 방법론과 본질적으로 공통된다. 그리하여 장성규는 한국 시문 학에서 탈분단문학이 성취된 사례로서 하종오를 소개한다.

시집 해설을 통해 장성규는 하종오의 탈분단시가 "과거

절대적인 '선'으로 설정되었던 통일 담론이 남북한 지배 체제에 의해 포획된 지점을 폭로하고, 나아가 남북한 인민들에 의한 아래로부터의 탈분단이라는 새로운 시적 지향을 제시하고 있다"고 평가한다(「전지구적 자본주의 시대 탈분단시의 가능성」, 하종오, 『남북상징어사전』, 실천문학사, 2011, 156쪽). 여기에서 잘 지적되었듯 하종오식 리얼리즘에서 탈분단문학의 성격이 나타날 수 있었던 근원 역시 '아래로부터'의 구호이다. 각자 맡은 생업에 충실하면서 서로를 차별 없이 이웃으로 받아들이는 이들은 본디 민족-국가로 분할될 수 없는 존재이다. 「신강화학파의 꿈」에서 나타나는 탈분단의 방법론도 이러한 맥락에서 이해되어야 한다.

신강화학파는 "강화와 개풍으로 교차 귀향할 수 있는 법을 / 당국에 요청하는 일"을 거부하는데, 왜냐하면 그것은 국가 주도 방식의 분단 해법이기 때문이다. "강화와 개풍에서 나는 인삼을 / 한 자리에 모아 축제하는 계획을 / 당국에 제안하자는 아이디어" 역시 '아래로부터'의 정신에 어긋나는 것이기에 신강화학파에 의하여 거절된다. 탈분단의 관점에서 가장 먼저 이루어져야 하는 일은 강화와 개풍의 주민들이 각 지역의 꿀맛을 나누는 것이며, 그리하여 "계절에 따라 강화와 개풍에 / 같은 꽃이 피어나는지 다른 꽃이 피어나는지"를 아는 것이다. 이 방식은 구체적인 삶의 현실을 이해하는 데에서부터 분단을 벗어날 수 있는 첫발을 내딛는 것이기에 시의 제목에서와 같이 '신강화학파의 꿈'으로 동의된다. 남북한 주민들의 양봉업으로부터 분단 문제를 고찰한다는 점에서 이 작품은 의미상으로도 형식상으로도 한국현대시에서 유래가 없는 것이라 할 수 있다. '아래로부터'의 윤리와 미학은 분단 문제뿐만 아니라 이주민 현상과 같은 제국-자본-인종 문제도 놓치지 않는다.

> 강화에 와서 내가 왜 끝없이
> 햇빛을 받는지 바람을 맞는지 아느냐고
> 신강화학파를 향해 질문하고는
> 태국인도 중국인도 네팔인도 끝없이
> 햇빛을 받고 바람을 맞기 때문이라고
> 나 자신을 향해 대답했다
> 같이 논다는 건
> 햇빛을 같이 받고 바람을 같이 맞는 것과 같은 것이다
> ─「신강화학파의 햇빛과 바람」 부분

위 시에서 시적 주체는 신강화학파에 가입하는 조건으로 공장에서 일하는 이주노동자들과 더불어 놀자는 제안을 한다. 왜냐면 그는 "강화 주민들만 모아 무슨 일을 벌이는 건 / 시절에 어울리지 않는 짓거리이며", "이방인들과도 어떻게 놀 건지 / 궁리해야 무슨 일이든 더 잘된다고" 생각하기 때문이다. 더욱 많은 사람들과 함께 할수록 무슨 일이든 더욱 풍성해질

수 있고 흥성거리게 된다. 이 원칙 앞에서는 노동자와 자본가, 이주민과 원주민, 제3세계와 제국의 경계가 무의미하다. 그러고 나서 시적 주체는 신강화학파에게 위에 인용한 바와 같이 되묻고 스스로 대답한다. 자신이 햇빛과 바람을 맞는 이유를 이주민들도 햇빛과 바람을 맞는다는 사실에 연결시키는 시적 주체의 자문자답은 대단히 시적인 통찰이다. 햇빛과 바람을 맞고자 하는 것은 모든 존재가 가지고 있는 보편적 욕구이다. 그러나 보편이라는 말뜻은 한두 사람만을 두고 쓰일 수 없다. 나의 욕구가 보편적이라고 말하는 것은 나 이외의 모든 사람도 나와 같은 욕구를 가지고 있음을 인지한 뒤에라야 가능하다. 그러므로 이주민들이 햇빛과 바람을 맞기에 나도 햇빛과 바람을 맞는다고 말할 수 있는 것이다.

　시인의 깊은 사유는 여기에서 멈추지 않고 더 나아가 존재의 보편성을 유희의 차원으로 승화시킨다. 유희는 존재의 보편성이라는 층위 위에서 수행될 때만 참으로 유희다운 것이 된다. 특히 "같이 논다는 건 / 햇빛을 같이 받고 바람을 같이 맞는 것과 같은 것이다"와 같은 구절은 절창으로 꼽을 만하다. 이 문장에서는 '같-'이라는 형태소를 무려 네 번이나 반복함으로써 역동적인 운율을 빚어낸다. 이때 놓치지 말아야 할 부분은 시적 주체가 햇빛-바람을 맞는 행위와 햇빛-바람 자체를 세밀하게 나누어 이야기한다는 지점이다. 그것을 향유하는 행위가 공통적일 수 있어도 그것 자체는 독자성을 가질 수밖에 없다고 시인은 생각한다. 강화의 햇빛은 "강화에서만 득시글거리는" 것이며, 강화의 바람은 "강화에서만 잉잉거리는" 것이다. 이주민 문제를 생각할 때 우리가 흔히 빠질 수 있는 오류는 세계화globalization의 보편성을 강조하느라 지역성locality의 특수성을 간과하는 것이다. 그런데 시인은 햇빛과 바람 자체의 특수한 지역성을 함부로 무시하지 않으면서도 그것을 향유하는 행위는 보편적일 수 있다는 놀라운 사유를 보여준다. 이 작품의 수준은 세계화와 지역성이 조화를 이루어야 한다는 이 시대의 세계사적 요청을 선취한 것이다.

> 들고양이는 나에게 남몰래 움직이는 법을 가르쳐 주기 위해
> 우리 집 앞 논둑에 친히 나와서 몸짓을 보여주었다 싶으니
> 들개는 나에게 함부로 소리치는 법을 가르쳐 주기 위해
> 우리 집 앞 밭둑에 친히 나와서 목소리를 들려주었다 싶으니
> 갑자기 우러러 보이었다
>
> ―「신강화학파의 분파」 부분

분단이나 이주민 문제를 거쳐 하종오식 리얼리즘의 시선은 인간중심주의마저 비판적으로 성찰한다. 지구는 인간의 것만이 아니며 이 땅 위에서 숨 쉬고 있는 모든 생명의 것이다. '아래로부터'의 자세는 인간의 영역에만 갇히지 않고 뭇 목숨의 영역으로까지 확대될 만큼 큰 힘을 가지고 있다. 인용한 작품에

서와 같이 신강화학파는 사람으로만 이루어지는 것이 아니다. 거기서는 들고양이나 들개도 저마다 한 분파를 이루고 있다. 단순히 '고양이'나 '개'라는 시어를 쓰지 않고 '들고양이'나 '들개'와 같은 시어를 골라 넣은 시인의 배려도 매우 미묘한 효과를 자아낸다. '들-'이라는 접두사는 야생으로 자란다는 뜻을 더하는 말이다. 그저 고양이나 개라고 한다면 그것은 애완동물의 어감을 가짐으로써 인간중심주의의 혐의로부터 자유롭기 어렵다. 하지만 '들-'과 같은 접두사를 붙임으로써 시골에서 자주 볼 수 있는 동물을 등장시키면서도 인간으로부터의 소외감을 효과적으로 환기시킨다.

들고양이와 들개가 시적 주체에게 가르쳐주는 내용 또한 범상하게 넘길 만한 성질의 것이 아니다. 들고양이는 "남몰래 움직이는 법"을, 들개는 "함부로 소리치는 법"을 일러준다. 두 가르침은 내용상 성질이 전혀 다른 것이다. 전자는 자신을 숨기는 것이며 후자는 자신을 표출하는 것이기 때문이다. 동시에 그 두 가지 방법은 인간을 포함한 모든 생명이 살아가는 데 있어서 반드시 필요한 것이기도 하다. 때로는 자신을 숨겨야 현명한 경우가 있으며 때로는 자신을 표출해야 정당한 경우가 있기 때문이다. 그런데 그 가르침은 말이 아니라 실천으로 전달된다는 대목도 우리의 주목을 요한다. 지식은 말이나 글이 아니라 실천으로 옮겨질 때 진정성을 가질 수 있다는 시인의 예지가 여기에 담겨 있다. 이 때문에 시적 주체는 들고양이와 들개를 우러러보게 된다.

> 강화에서 농사지으며 살아남는 법에 대하여
> 갑론을박하던 신강화학파 중에서
> 혹자는 저들이 울음소리로 논바닥을 넓히는 중이라고 하고
> 혹자는 저들이 울음소리로 논둑을 트는 중이라고 하고
> 혹자는 저들이 울음소리로 자신들이 논의 주인이라 우기는
> 중이라고 했다
>
> ──「한밤중의 신강화학파」 부분

  인간중심주의를 넘어서 뭇 생명의 가르침을 겸허히 받아들이는 순간을 위 작품도 다루고 있다. 이 시는 인간과 개구리를 병치의 기법으로 결부시킨다. 이때 농사를 짓는 것만으로는 살아남기 어려운 인간의 처지와, 인간의 농사 행위에 의하여 살아남는 것이 문제가 된 개구리의 처지가 절묘하게 대응된다. 나아가 개구리가 "울음소리로 논바닥을 넓히는" 것은 인간이 "작은 논뙈기를 넓게" 가는 것, 개구리가 "울음소리로 논둑을 트는" 것은 인간이 "자기 논뙈기를 남의 논뙈기에" 잇는 것과, 개구리가 "울음소리로 자신들이 논의 주인이라 우기는" 것은 인간이 "주변 논뙈기의 주인을 알아볼 줄 알아야 한다는" 것과 각각 구조적으로 짝을 이룬다. 첫 번째 가르침은 작은 것을 불만스럽게 여기기만 하지 말고 오히려 그 속에서 더욱

큰 가치를 찾아내야 한다는 의미이다. 두 번째 가르침은 물질 중심의 소유 관계에 얽매이지 말고 생명과 생명 사이의 경계를 허물어야 한다는 뜻으로 읽을 수 있다. 세 번째 가르침은 자연의 주인은 인간이 아니라 자연이라는 것이다.

> 넙성리에서 이천편시를 쓰지 않고 이천 번째 시를 썼으며
> 그러고 나서 첫 번째 쓴 시와 이천 번째 쓴 시가 같고
> 일편시와 이천편시가 다르지 않은 걸 보았기에
> 신강화학파에 들어갈 필요를 느끼지 않는다고 말했다
> (…)
> 앞으로 쓰는 시는 홍왕리 사람에게 전해지도록
> 바람에게 들려주고 햇빛에게 보여주어야겠다
> ─「신강화학파와 이천편^{二千篇}」 부분

무수한 현실의 모순들을 두루 성찰하고 나니 시적 주체는 어느새 시집의 앞부분에서 밝힌 목표, 즉 "이천편시를 완성하 겠다는 포부"(「강화학파의 새 일파」)를 달성하게 되었다. 아니, 이천편시를 써놓고 보니 자신은 "이천편시를 쓰지 않고 이천 번째 시를" 쓴 것이었다고 시적 주체는 깨닫게 된다. 그렇다면 "이천편시"와 "이천 번째 시"는 어떻게 다른 것인가? 해석의 실마리는 "첫 번째 쓴 시와 이천 번째 쓴 시가 같고 / 일편시와 이천편시가 다르지 않"다는 다음 두 행에 있다. 이는 두 가지

의미로 해석된다. ① 첫 번째 쓴 시(처음)와 마지막으로 쓴 시(끝)가 같다. ② 이천 편의 시 가운데 한 편의 시가 이천 편의 시 전체와 같다. ①은 시인이 시를 창작하는 방법론과 현실을 바라보는 태도가 처음부터 끝까지 일관된 것이었다는 뜻이다. 이때 그 일관된 것은 '아래로부터'의 정신임을 우리는 알 수 있다. ②는 자신이 쓴 많은 작품들 중 어느 하나를 꼽는다 하더라도 그 속에 자기 시 세계 전체가 함축되어 있다는 것이다. 그렇기 때문에 "이천편"이라는 숫자가 아니라, "이천 번째"라 는 순서만이 의미를 가질 수 있다.

자신의 시 세계를 집약적으로 정리한 뒤에 시적 주체는 "신강화학파에 들어갈 필요를 느끼지 않는다"고 결론 내린다. 이전까지 신강화학파는 시적 주체에게 있어서 올바로 살아가 는 방법을 보여주는 참다운 관계의 모습이었다. 그러나 왜 이제 와서 그는 신강화학파에의 가입을 거절하는 것인가? 엄밀 히 말하면 시적 주체는 가입을 거절하는 것이 아니라 불필요하 다고 여기는 것이다. 그리고 그 이유는 그가 처음부터 끝까지 일관되게 '아래로부터' 쓰인 시 속에서 자족할 수 있으며, 시 세계 전체를 담아내도록 쓰인 한 편 한 편의 시 속에서 넉넉할 수 있기 때문이다. 그러한 시를 썼기에 시인은 신강화학파에 들어가지 않더라도 이미 신강화학파이다. 신강화학파라는 이 름으로 규정되지 않더라도 신강화학파는 어디에나 있는 것이 다. 시적 주체가 앞으로 쓰일 자신의 시를 "바람에게 들려주고 햇빛에게 보여주"겠다고 생각하는 까닭이 여기에 있다.

한 가지 첨언할 것은 하종오 시가 비판되어야 할 점이랄지 또는 나아가야할 점에 관한 언급이다. 이번 시집이 가지는 가장 큰 독창성은 여태껏 학문 공동체를 구성하는 서사를 다룬 시가 없었다는 사실에서 획득되는 것이다. 하지만 그 상황과 사건의 새로움에 비하여 연작시 각각이 한 편의 작품으로서 성취하는 참신함에 대해서는 의문의 여지가 남는다고 할 수 있겠다. 왜냐하면 이 시집의 여러 시편들에서 제시되는 은유나 상징들이 다소 명확한 주제의식이나 중심의미로 환치되기 때문이다. 이는 시인의 창작 원리를 도식성으로 빠뜨릴 위험이 있는 것이다. 이는 또한 시인의 사유를 이미 정해진 해답에서 벗어나지 못하도록 할 수도 있다. 그것은 이번 시집에 실린 여러 시들의 형식이 (행과 연의 배열만 눈으로 훑어보아도 알 수 있듯이) 완벽한 대칭과 호응 관계의 짜임새를 갖추고 있는 이유와도 상통한다.

앞으로 하종오의 시는 더 웅숭깊은 서정과 더 문제적인 서사가 필요하다. 해설에서도 밝혀졌듯이 『신강화학파』의 마지막 장을 읽을 때까지 시집을 손에서 놓지 못하게 만드는 재미는 그것을 이끌고 나가는 치열한 서정과 독특한 서사 탓이다. 그렇지만 개별적인 작품은 그 작품들이 모여서 빚어내는 전체적인 수준에 못 미치지 않는지를 되짚어볼 수 있다. 이때 유일한 출구는 더 많은 서정과 서사일 것이다. 가짜 화해를

174

거부하고 손쉬운 해결책 제시를 유보함으로써 시를 읽는 이들의 인식을 확장시킬 수 있는 시인만의 진실 탐구가 필요하다. 나아가 그 진실을 시인만의 것이면서도 모든 사람들이 공감할 수 있는 것으로 만들어 줄 수 있는 서사가 요청된다. 서사가 시의 새로움을 생성하는 것은 특수할수록 보편이 되는 사례이기 때문이다. 이처럼 고된 작업을 수행할 시인이 2010년대 한국시단에 하종오를 빼놓고는 그리 많아 보이지 않는 까닭은 어째서일까.

4. 보론補論 — 하종오식 리얼리즘이란 무엇인가

지금까지 시집 『신강화학파』에 나타난 하종오식 리얼리즘의 서정과 서사를 고찰해보았다. 이때의 서정이란 나와 남이 서로 자리를 바꾸거나 시선을 겹치는 데에서 발생하는 것이다. 또한 그것의 서사는 위로부터의 담론이나 고정적인 이데올로기를 거부하고 아래로부터 관계를 넓혀가는 것이다. 하종오식 리얼리즘의 서정은 윤리와 미학이 만나는 지점에서 꽃피며, 현실 속에 은폐되어 있는 진실을 꽃피운다. 하종오식 리얼리즘의 서사는 사람으로 하여금 자신의 진정한 내면을 들여다보게 함으로써 자신을 둘러싼 타인의 여러 문제들과 관계하는 데까지 나아가도록 한다.

이렇게 뜻을 간추려놓고 보면 하종오의 시에 대한 기존의 평가 중에서 하종오식 리얼리즘이라는 말만 사용하지 않았을 따름이지 그 내용에는 상당히 근접한 경우가 더러 눈에 뜨인다. 하종오의 시는 "자연을 미학적인 감흥의 원천으로 삼는 시인들과는 다른 층위에" 있으며, "자신이 그 고통과 모순의 일부임을 끊임없이 자각하"는 것이라는 김수이의 평가도 하종오식 리얼리즘에서 크게 벗어나지 않은 사례이다(「자연의 매트릭스에 갇힌 서정시」, 『서정은 진화한다』, 창비, 2006, 28~29쪽). 왜냐하면 그 지적은 하종오의 시에서 현실 의식과 미적 의식이 떨어져 있지 않으며, 내면에 자폐적으로 갇힌 감상의 시선이 아니라 사회의 고통과 적극적으로 관계 맺는 태도가 드러난다고 이야기하고 있기 때문이다.

그러나 그러한 접근들이 하종오 시의 종합적인 면모를 파악하지 못하고 특수한 일면만을 부각시키는 데 그치고 마는 경우가 대부분이었다. 반면에 김유중은 민족 민중 문학적 색채를 선연하게 가지고 있었던 초기 작품 경향과 그 이후로 하종오 시 세계를 구별하는 기존의 고찰 방식에 대하여 문제를 제기한다. 따라서 그는 하종오의 시편 저변에 일관되게 흐르고 있는 하나의 원리를 '관계'라는 이름으로 부르려 한다. 왜냐하면 그가 보기에 하종오 시가 "지향하는 것은 그보다 한층 원대하고 근본적인 어떤 관념, 다시 말해서 인간과 자연, 나아가서는 인간과 그를 둘러싼 모든 환경 조건들을 아우르는 바람직한

'관계' 설정에 대한 모색 의지"이기 때문이다. 그리고 "이와 같은 관계에 대한 그의 인식 속에서는 모두가 동등한 자격을 지"니며, "이들은 서로의 존재를 상호 긍정하고 아울러 서로에게 피해를 미치지 않는 범위 내에서, 조화로운 관계의 정립을 위해 노력하여야 할 의무를 지닌다"고 김유중은 덧붙인다(「관계의 시학」, 『문학과환경』 3집, 2004, 10, 119~123쪽). 한마디로 말해서 하종오 시는 나를 둘러싼 모든 존재들과의 상호적인 관계를 찾아내는 데에 그 본뜻이 있다는 논의이다. 이로써 김유중이 이름한 '관계의 시학' 또한 우리가 앞에서 정리해본 하종오식 리얼리즘의 대의로부터 그리 멀지 않은 경우에 포함된다 하겠다.

본격적으로 하종오식 리얼리즘이라는 용어를 처음으로 쓴 것은 「이것이 문제작이다」라는 어느 잡지의 서평 면에 『남북상 징어사전』을 소개하는 임지현의 글에서였다(「세계시민 탈북자 하종오 씨」, 『문학의오늘』 2011년 겨울호, 150쪽). 여기서 임지현은 하종오식 리얼리즘에 대하여 다음과 같이 평가하였다. "하종오의 시의 독법이 내용과 소재의 면에 치우치게 되면 그의 시적 방법을 파악할 수 없다. (…) 여전히 리얼리즘의 계보에 있되, 서정시도 아니고 저항시도 아닌 시 형식을 하종오식 리얼리즘이라고 불러도 좋을 것이다." 하종오의 시 세계를 내용과 소재의 측면에 치우쳐서 해석해서는 안 된다는 임지현의 지적은 대단히 적실한 것이었다. 『신강화학파』를 읽어나가는 과정에서 우리도 하종오식 리얼리즘에서 형식이 얼마나 중요한 것인지 여실하게 보았다. 그리고 하종오식 리얼리즘의 형식이 서정시도 아니고 저항시도 아니라는 분석 역시 「저항시의 시효가 끝나고, 서정시의 시효가 끝나고」라는 시에 근거를 두었기에 타당한 것이라 할 수 있다.

그렇지만 하종오식 리얼리즘이 정확히 어떠한 측면에서 리얼리즘의 계보에 있는지에 대한 설명을 생략한 것은 문제가 될 수 있다. 하종오식 리얼리즘이라는 용어 설정이 유의미할 수 있는 까닭은 그것이 기존 리얼리즘으로 도저히 설명될 수 없는 측면을 가지고 있기 때문이다. 한국에서 리얼리즘이라는 개념은 70~80년대 민족민중 문학론의 이념적 도식으로부터 탈피하기 어렵다. 그렇기에 리얼리즘 문학은 오늘날 더이상 유효하지 않은 것으로 치부되기도 한다. 그러나 이 글의 첫머리에서 진정한 리얼리즘은 고정될 수 없으며 끝날 수도 없음이 언급된 바 있다. 하종오는 진정한 리얼리즘의 정신에 비추어볼 때 한국 시단 최후의 리얼리즘 시인이다. 이러한 상황에서 기존 리얼리즘 계보에 그의 시 세계를 편입시키기보다는 그것의 단절과 갱신의 측면에서 하종오식 리얼리즘을 바라볼 필요가 있다.

다음으로 하종오식 리얼리즘 개념을 사용한 경우는 하종오 시집 『신북한학』에 대한 고명철의 해설이다(「'하종오식 리얼리즘'의 득의得意 — 탈분단과 지구적 시계視界」, 하종오, 『신북한학』, 책만드는집, 2012, 127쪽). 여기에서 고명철은 하종오의 시가 "일국주의적─國主義的 프레임을 훌쩍 벗어나 지구적 시각을 확보함으로써 한국 리얼리즘 시가 당면한 문제를 해결하는 데 견인차 역할을 맡고 있"으며, "이러한 시 쓰기를 이른바 '하종오식 리얼리즘'으로 파악한다." 그리고 "이것은 그의 리얼리즘 시 쓰기가 종래 우리에게 낯익은 한국문학의 주제적 영토의 경계에 속박되지 않고, 그것을 지구적 시계視界 속에서 실천"한다는 평가를 덧붙인다. 하종오식 리얼리즘이 단일한 민족─국가라는 한국문학의(특히 민족문학론에서의) 주제적 영토에서 벗어나 지구적 시각을 확보하였다는 고명철의 평가는 틀림없는 것이다. 그것은 하종오식 리얼리즘이 탈분단의 관점에서 분단 문제를 바라본다는 이 글의 분석과도 합치하기 때문이다.

하지만 하종오식 리얼리즘은 앞에서 우리가 고찰한 바와 같이 분단 문제에만 국한되는 것이 아니라 이주민 문제, 나아가 인간중심주의에 의하여 소외되는 자연 문제에까지도 확장되는 것이다. 또한 임지현이 하종오식 리얼리즘의 형식적 측면에 주목한 데 비하여 고명철의 평가는 주제적 측면에 다소 치우쳐 있다는 점에서 많은 한계를 가진 것이다. 하종오식 리얼리즘이 무엇인지를 제대로 이해하기 위해서는, 그 속에 담긴 주제가 어떠한 방식으로 특수한 형식을 만들어내며 반대로 그 형식이 주제를 드러내는 과정에서 어떠한 효과를 구체적으로 발생시키는지를 해명할 수 있어야 한다.

개념의 정립으로 향하는 주요 논의들을 살펴보는 과정에서 끊임없이 문제가 되는 것은 '기존의 리얼리즘'이 도대체 무엇이냐 하는 점이다. 임지현은 하종오식 리얼리즘이 기존 리얼리즘의 계보에 놓여 있다고 하고, 반대로 고명철은 그것이 기존 리얼리즘의 한계를 돌파하고 있다고 한다. 이러한 설명의 혼란은 결국 기존 리얼리즘의 정체를 명확히 인지하지 못하는 데에서 기인한다. 기존 리얼리즘의 성격을 규명하는 일은 이 자리에서 오롯이 마칠 수 없는 것이다. 하지만 그 성격을 핵심적으로 압축하여 대표하는 이론가를 살펴봄으로써 그 전체의 뼈대를 가늠해볼 수 있다. 현재까지 리얼리즘 담론의 주도권을 꽉 쥐고 있는 논자는 단연 백낙청이다. 한국의 현실 상황에 맞추어 리얼리즘 이론을 다듬어온 작업 중에서 가장 엄밀한 사례로 손꼽히며, 문학 시장의 유통 구조에서 거대 자본으로서의 출판 권력을 여전히 행사하고 있는 그다. 따라서 보론의 마지막은 시집 해설의 성격에 조금 어긋나는 것을 무릅쓰고서라도 백낙청 리얼리즘론을 비판적으로 검토하고자 한다. 그중에서도 특히 시에 관한 부분을 중심으로 살펴보겠다.

백낙청 평론 중에서 리얼리즘론의 정초는 두 차례에 걸쳐서 이루어졌다. 하나는 「리얼리즘에 관하여」(『민족문학과 세계문학 Ⅱ』, 창작과비평사, 1985. 이하 『민족문학』으로 약칭)이며, 다른 하나는 「민족문학론과 리얼리즘」(『통일시대 한국문학의 보람』, 창비, 2006. 이하『통일시대』로 약칭)이다. 두 평론 사이에는 무려 20여 년이라는 세월의 간격이 있다. 하지만 그 세월의 흐름이 무색할 정도로 두 글에는 모두 토씨 하나 틀리지 않고 되풀이되는 공식이 들어 있다. 앞의 글에서 백낙청은 "시에서의 리얼리즘이란 훨씬 미묘한 문제"이기 때문에 리얼리즘 시에는 "결국 당대 현실의 사실적 묘사 그 자체보다도 현실에 대한 정당한 인식과 정당한 실천적 관심이라는 다소 애매한 기준이 적용되게 마련"이라고 했다(『민족문학』, 356쪽). 뒤의 글에서 그는 "민족문학론은 당면한 민족적 현실에 대한 정당한 인식과 정당한 실천적 관심이라는 자신의 '리얼리즘적' 속성을 고수하면서, '탈근대' 또는 '탈현대'라 일컬어지는 이 시대의 새로움에 부응하는 또 한 번의 이론적 약진을 이룩해야 할 처지"라고 말했다(『통일시대』, 367쪽).

반복되는 공식은 '현실에 대한 정당한 인식과 정당한 실천적 관심'이다. (여기서 '현실' 앞에는 언제나 '민족적'이라는 말이 숨어 있음을 주의해야만 한다.) 이것이 백낙청의 리얼리즘에 대한 정의이다. 앞에서 이 정의는 시에서의 리얼리즘에만 적용되는 기준인 듯이 언급되었지만, 뒤에서는 민족문학론의 리얼리즘적 속성 일반으로 지칭된다. 이를 백낙청의 공식이 확대된 것으로 해석해서는 안 된다. 왜냐하면 백낙청에게 있어서 '정당한'이라는 표현은 '시적'이라는 말과 상통하는 용례를 가지기 때문이다. 20여 년의 시간이 흐르는 동안 자신의 문학적 방법론에 일체의 수정을 허락하지 않았다는 점만 보아도 올바른 의미의 리얼리즘에 어긋나는 모종의 보수적 성격이 감지된다. 하지만 그것은 내용의 보수성이 아니라 세계관의 보수성이기에 어느 정도 용납될 여지가 있다. 보다 중요한 문제는 리얼리즘에 대한 백낙청의 공식화된 정의의 이론적 토대와, 구체적인 의미와, 실제 적용에서와의 일치 여부를 검토함으로써 그것이 어느 정도의 정당성을 가질 수 있느냐 하는 것이다.

세계문학 사조의 역사에 대한 풍부한 식견을 토대로 백낙청은 고전주의·신고전주의·낭만주의·자연주의와의 비교 속에서 리얼리즘을 검토하였다. 도식으로 고정된 규칙에 따라야 한다는 신고전주의에 대하여 반발하며 평범한 삶 속에서 인간 본성의 기본 법칙을 발견하고자 했던 낭만주의 운동에서 백낙청은 고전주의적인 것으로서의 리얼리즘 개념을 읽어낸다. 그리고 그는 본질상 고전주의에 가까운 리얼리즘의 문학이념을 전체성과 객관성으로 규정한다. 전체성과 객관성 각각을 백낙청은 사회의 총체성과 인물의 전형성으로 호환한다. 그리고 그 점에서 리얼리즘은 자연주의와 구분된다. 자연주의에서 있는 그대로 보여주는 현실 단면들의 합이 현실 전체가 될 수 없는 반면에, 전체성(총체성)과 객관성(전형성)을 통하여 현실 전체를 인식하는 것, 이것이 바로 백낙청식 리얼리즘의 정의에서 "현실에 대한 정당한 인식"에 해당하는 부분이다.

백낙청이 "현실의 정확한 인식은 '시적' 창조의 과정에서만 가능"하다고 할 때, '시적'인 것의 구체적 의미 역시 이러한 맥락에서 이해되어야 한다. 앞에서 백낙청 리얼리즘론이 시적인 지향성을 배태하고 있다고 설명한 까닭이 여기에 있다. 백낙청의 리얼리즘 공식에서 "현실에 대한 정당한 인식"이 문예사조사 검토를 통하여 도출되었다면, 그 공식의 나머지 부분인 "정당한 실천적 관심"은 어디로부터 유래하는가? 백낙청에 따르면 "정당한 실천적 관심"은 "정당한 인식"의 자동적인 귀결이다. 이는 진정한 앎이 반드시 올바른 실천을 불러일으킨다는 논리를 취하는 일종의 주지주의主知主義이기도 하다.

그러나 'representation'이라는 용어는 재현과 표상, 이렇게 두 가지 번역어를 취한다. 재현은 현실을 모방할 뿐이라는 수동적인 의미가 강하다. 이 때문에 사회의 총체성과 인물의 전형성은 스탈린의 소비에트에서 제창된 사회주의 리얼리즘에서의 지도 이념이었던 것이다. 반면에 표상은 인식 주체의 내적 메커니즘을 중시하는 개념이다. 외적인 세계가 동일하다고 하더라도 주체 각각의 속성에 따라 다른 지각의 방식이 가능하기 때문이다. 문학에서 작가가 제시하는 표상은 이미 존재하는 사회적 표상들을 자신의 선택으로 정교하게 다루어서 없는 것을 드러내는 것이다. 표상의 작용이 가장 활발하게 이루어지는 것이 문학일진대, 사회주의 리얼리즘은 표상의 계기를 포기하였기에 실패로 귀결될 수밖에 없다. 이와 관련한 더 섬세한 논의를 살펴보려면 방민호의 「리얼리즘론의 비판적

재인식」(『비평의 도그마를 넘어』, 창비, 2000)을 참조할 필요가 있다.

　이러한 재현의 논리에서 총체성과 전형성은 엄밀히 말해서 분리되는 개념이 결코 아니다. 왜냐하면 사회를 총체적으로 포착하기 위해서는 그것을 전형적으로 그릴 수밖에 없으며, 인간 군상을 전형적으로 표현하는 것은 그들을 총체적으로 드러냄을 그 목적으로 삼기 때문이다. 한마디로 백낙청 리얼리즘의 핵심은 총체성의 구현에 있다. 총체성^{Totalität}은 헤겔 철학에서 중요한 개념으로서, 모든 모순과 대립을 '하나의 것'의 서로 다른 모습으로 파악하는 것이다(『헤겔사전』, 도서출판b, 2009). 이때 모순과 대립은 우연적인 현상에 지나지 않으며 오직 실재하는 것은 '하나의 것'일 뿐이다. 그러므로 아무리 총체성이 모순과 대립의 구별을 무시하지 않는다 하더라도 거기서 궁극적으로 우위를 차지하는 것은 '하나의 것' 즉 통일성이다.

　총체적 인식을 목표하는 백낙청 리얼리즘에서 '하나의 것'의 자리에 놓이는 것은 기어코 민족이다. 즉 한반도를 포함한 전 지구상의 현실 모순은 민족의 문제로 통일될 수 있다는 것이다. 바로 이 대목에서 백낙청은 리얼리즘과 민족문학론을 연결 짓는다. 20여 년 뒤의 글을 보면 백낙청은 지배 세력으로서의 제국주의적 자본주의 국가(제1세계), 소비에트 중심의 사회주의 국가(제2세계), 그 외의 제3세계 국가, 이러한 삼분법이

중간항(제2세계) 몰락 이후 이분법(제1세계와 제3세계)으로 전환되었다고 파악한다. 이는 각각 모더니즘·포스트모더니즘(제1세계 문학론), 사회주의 리얼리즘(제2세계 문학론), 민족문학론(제3세계 문학론)에 해당한다(『통일시대』, 408쪽).

그러나 이러한 논리에는 오직 민족-국가의 이데올로기만이 작동하고 있으며, 그것으로 환원되지 않는 다양한 인민의 삶이 탈각될 수밖에 없다. 어떻게 계급, 여성, 생태, 성소수자, 장애인, 이주민 등 중심에서 멀리 떨어져 있다는 이유 하나만으로 자행되는 세계 도처의 폭력과 차별이 민족과 같은 단 하나의 이데올로기로 통일될 수 있겠는가? 백낙청의 이론에 깃들어 있는 헤겔주의에 맞서서 다음과 같은 명제가 가능하다. 총체성이 추구하는 '하나의 것'이 오히려 허구적 우연이며 텅 비어 있는 허울이고, 무한히 분화하는 모순과 대립만이 참으로 존재하는 것이다. 우리에게는 통일성을 향한 총체성이 아니라 더 많은 모순과 대립에 대한 인식이 필요하다. 하종오식 리얼리즘은 민족과 같은 최종 심급으로 결코 환원되지 않고 분화하는 사람살이의 고통을 포착한다는 점에서 백낙청이 버리지 못하는 헤겔의 망령과 결정적으로 선을 긋는 것이다.

20여 년이 지난 뒤의 글에서 백낙청은 총체성이나 전형성을 뒤로 감추고 그 대신 당파성을 전면에 내세운다. 여기에는 현실 사회주의 국가의 붕괴도 분명히 영향을 끼쳤을 것이다. 하지만 용어만이 바뀌었을 뿐, 그에게서 총체성은 끝끝내 포기

되지 않는다. 왜냐하면 백낙청은 "세계 전부를 본다는 것은 인간의 능력 밖"에 있는 것이며, "다만 각자 처한 위치에서 눈에 보이는 부분에 대한 정확한 인식을 전체에 대한 최대한의 인식으로 끌어올리는 변증법적 전환"만이 가능하다고 생각하기 때문이다. 이때 그가 고수하려는 세계관(민족문학론으로서의 리얼리즘)은 "'세계'의 어느 일부가 아니라 그 전부"를 "총체적으로 볼 필요성을 환기"해줄 수 있는 것이 된다(『통일시대』, 410쪽). 백낙청은 시와 리얼리즘의 관계를 논의하는 자리에서 당파성 개념을 집중적으로 도입한다. 지금까지 그의 이론이 어떠한 이론적 토대를 가지고 있으며 그 의미가 무엇인지를 비판적으로 고찰했다면, 이제는 본격적으로 시에 대한 이론 적용이 얼마나 정당한지를 살펴볼 차례이다.

「시와 리얼리즘에 관한 단상」이라는 글에서 백낙청은 당파성의 의미에 대하여 설명한다. 그것을 사회주의 리얼리즘을 연상시키는 총체성이나 전형성 등의 용어로 풀이되는 방식은 의식적으로 회피된다. 대신 당파성에는 '중도', '사무사', '지공무사' 등 오히려 더 고전적인 색채가 덧입혀진다. 나아가 지공무사의 당파성이라는 과제를 달성하기 위하여 "'전형' 개념이 함축하는 정확·원만하고 포괄적인 현실인식의 중요성은 더 깊이 연구"되어야 한다고 부연한다(『통일시대, 431쪽』). 20여 년 전에 '총체성'과 더불어 중요한 개념으로 제시되었던 '전형' 개념이 백낙청 이론에서 현재까지도 목숨을 부지하고 있는 것이다. 중도나 사무사나 지공무사와 같은 유교의 용어들을 활용한 것은 백낙청의 고전주의 취향을 부각시키는 동시에 총체성 및 전형성 개념에의 집착을 위장하려는 연막전술과 같다.

「선시와 리얼리즘」이라는 글을 통하여 백낙청은 위와 같은 리얼리즘의 시에 대한 기준이 가장 잘 적용된 사례로 고은高銀의 선시禪詩를 꼽는다. 여기에서도 백낙청의 "지공무사한 경지"가 곧 "전형적이고 총체적인 현실인식"에로 이어진다고 밝힌다 (『통일시대』, 220쪽). 이는 백낙청의 리얼리즘 이론이 본질적으로 변하지 않았다는 가설을 다시 증명하며, 그 이론이 변화하는 현실 속에서 감추거나 놓치는 것이 있을 수밖에 없음을 반증하는 대목이다. 하지만 더 문제가 되는 것은 문학사적으로 전혀 연관성이 없는 두 대상을 연관시키려 하는 것이다. 이 논의가 정당화되려면, 지금까지 백낙청이 고집해온 리얼리즘의 특성이 선시에서도 발견된다는 것이 명시되어야 한다.

그러기 위해서는 선시의 특성이 무엇인지가 우선적으로 규명되어야 옳다. 하지만 아무리 호의적인 태도를 가지고 진득하게 글을 읽어도 선시를 선시로서 성립시키는 구체적인 조건을 찾아보기 어렵다. 단지 논리 전개가 가파른 경사를 이루며 비약하여 잠언 투의 아리송한 깨달음으로 귀결되는 고은 시편을 선시의 사례로 나열할 뿐이다. 선시의 성질이 객관적으로 서술되는 유일한 부분은 선시와 리얼리즘 사이의 공통점을 도출하는 결론에 이르러서야 나타난다. 백낙청은 "비유를 의심하면서 비유에 의존하고 심지어 새로운 비유의 창조를 장기로 삼는다는 점에서" "선시와 리얼리즘은 일치한다"고 말하며, 고은 시편의 "선시적 요소와 리얼리즘적 요소의 공존가능성은 편의적인 공존이라기보다 양자의 본질적 친연성에 바탕한 일치의 가능성"이라고 비약적으로 결론짓는다(『통일시대』, 234쪽). 선시의 본질이 무엇인지를 충분하게 설명하지 않은 까닭에, 선시와 리얼리즘이 서로 본질적으로 가깝다는 주장이 선명하게 이해되기 어려운 것이다.

다만 우리는 백낙청이 정립해온 리얼리즘의 정체를 정확하게 파악하고 있으므로, 그에 비추어 선시의 특성으로 제시된 내용을 해석해볼 수 있다. 그의 리얼리즘은 총체성(전체)에 대한 인식을 목표로 삼는다는 점을 염두에 둘 때, 비유를 의심한다는 것은 곧 우리의 언어가 총체성을 인식하지 못한다고 의심하는 것을 의미한다. 다음으로 백낙청에게 있어서 총체성은 전형성(최근의 표현으로 바꾸어 말하자면 지공무사의 당파성 또는 객관성)을 통해서만 진정으로 얻어지는 것이기에, 비유에 의존한다는 것은 곧 총체성에 대한 인식이 전형의 제시와 같은 올바른 방법을 통해서만 가능하다는 것을 의미한다. 마지막으로 새로운 비유를 창조한다는 것은 총체성에 보다 가까이 다가가는 노력을 한다는 의미이다.

이렇게 볼 때 비유를 의심하면서도 비유에 의존하며 새로운 비유를 창조한다는 것은 결국 백낙청 리얼리즘 논리의 기본적인 구도의 다른 말이다. 그러므로 문제는 이와 같은 규정이 비단 선시에만 국한되지 않는다는 점에 있다. 다시 말해 백낙청이 고은의 선시를 평가할 때 제시되는 근거는 그 선시만이 가지는 특수한 성과를 드러낼 수 없기 때문에 정당한 근거라고 할 수 없는 것이다. 오히려 그것은 선시뿐만 아니라 리얼리즘 시, 더 나아가 리얼리즘 문학을 평가할 때에도 통용될 수 있을 만큼 광범위한 것이다. 백낙청이 자신의 리얼리즘 이론을 고은의 선시로 집중하려는 것이 억지스러운 까닭이 여기에 있다.

선시와 리얼리즘 사이를 결부시키려는 노력이 비록 선시를 리얼리즘으로 흡수해버린 것이라 할지라도 기존 백낙청 리얼리즘론에서 크게 벗어난 것은 아니라고 할 수 있다. 하지만 용납이 불가능한 문제는 백낙청이 시를 포함한 한국 리얼리즘 문학의 역사에서 가장 높은 봉우리로 고은 문학을 올려놓는다는 것이다. "고은의 문학세계 전체를 리얼리즘의 관점에서 평가한다면" "리얼리즘 문학의 본령에 터를 잡았다고 할 소설가 중에서도 그보다 리얼리즘적 평가의 대상으로 더 절실한 사례가 한국문학에 있을지 또한 의문"이라고 백낙청은 단도직입적으로 말하고 있다(『통일시대』, 235쪽). 이러한 평가에 동의할 사람들이 과연 몇이나 될까 하는 의문은 접어두고라도, 비평가의 이론에 흡수되어버린 시인의 시가 여타의 시보다 좋다고 말하는 것 자체가 모순이다. 왜냐하면 다른 시에 대한 그 시만의 특수한 성취를 이론은 보장하지 못하기 때문이다.

참다운 의미에서 리얼리즘은 이론이나 비평에 의하여 견인될 수가 없다. 그것은 오로지 모든 이론의 틀을 뛰어넘는 실제 창작에 의하여 다시 새로워질 수 있을 뿐이다. 한국 리얼리즘은 이론이 작품보다 앞서 있는 경우가 대부분이었다고 해도 지나친 말이 아니다. 이와 같은 병폐는 이론에 맞추어 작품이 생산되기를 주문하는 비평가의 권력 의지 탓이기도 하지만, 궁극적으로는 이론을 뛰어넘고 갱신할 만한 작품을 창조해내지 못하는 작가들의 게으름과 무반성에 그 책임이 있다. 문학이 새로운 이론을 따라서 위대해지는 것이 아니라 이론이 위대한 문학을 따라서 새로워지는 것이라는 명제는 리얼리즘을 위시한 모든 문예사조에서 공통적인 것이다. 이러한 맥락에서 시인 하종오에게 한국 최후의 리얼리즘 시인이라는 칭호를 붙이는 것은 수사이자 진실이다. 백낙청이 진실한 리얼리즘의 이론가라면, 그는 시집 『신강화학파』에 이르는 하종오식 리얼리즘 시에 대하여 자신의 입장을 정당하게 표명해야 할 의무가 있다.

신강화학파

초판 1쇄 발행 2014년 2월 10일
    2쇄 발행 2014년 12월 10일

지은이 하종오
펴낸이 조기조
펴낸곳 도서출판 b
편 집 김장미 백은주
표 지 테크네
인 쇄 주)상지사P&B

등록 2003년 2월 24일 제12-348호
주소 151-899 서울시 관악구 난곡로 288 남진빌딩 401호
전화 02-6293-7070(대) 팩시밀리 02-6293-8080
홈페이지 b-book.co.kr 이메일 bbooks@naver.com

ISBN 978-89-91706-29-3   03810

정가 8,000원